Johannes Groschupf

Hinterhofhelden

Roman

Eichborn BERLIN

Die Arbeit am vorliegenden Roman wurde mit großzügigen Stipendien gefördert durch die Akademie der Künste, Berlin, die Lamspringer September-Gesellschaft und die Stiftung Niedersachsen. Besonders hilfreiche Anregungen kamen von Antje Susann Bonhage. Der Autor dankt herzlich!

1 2 3 4 10 09

Umschlaggestaltung: Christina Hucke
Typografie und Ausstattung: Cosima Schneider
Satz: Greiner & Reichel, Köln
Druck und Bindung: CPI – Clausen & Bosse, Leck

ISBN 978-3-8218-5846-3

FSC
Mix
Produktgruppe aus vorbildlich bewirtschafteten Wäldern und anderen kontrollierten Herkünften
www.fsc.org Zert.-Nr. GFA-COC-001223
© 1996 Forest Stewardship Council

Eichborn Verlag, Kaiserstraße 66, 60329 Frankfurt am Main
Mehr Informationen zu Büchern und Hörbüchern aus dem Eichborn Verlag finden Sie unter www.eichborn.de

Für Sabine

1

Neukölln beginnt am Hermannplatz. Man merkt es am Geruch, der aus den Seitenstraßen kommt, am unverwechselbaren Geruch nach Küchenabfällen, Kohlsuppe und feuchten Zeitungen. Die Neuköllner nehmen ihn längst nicht mehr wahr. Sie tragen ihn mit sich, wenn sie aus den Häusern treten, über die Straße gehen, die Treppen zur U-Bahn hinunterlaufen. In ihren Wohnungen nistet er, leicht säuerlich nach all den Jahren, er steigt aus den Umzugskartons auf, die auf dem Schrank stehen, aus dem Eimer unter der Spüle, er kriecht zwischen den Ritzen der Fußböden hervor. Es ist der unverkennbare Geruch nach kalter Asche, alten Socken und schlechter Laune. Die Neuköllner tragen ihn auf Haut und Haar, in ihrer ruppigen Rede taucht er auf, in ihren Träumen nachts.

Kein Treppenhaus riecht gleich in Neukölln, doch überall kommt die Erinnerung an Bohnerwachs und Schlagermusik hoch, an Kindergebrüll und frühes Weckerklingeln, an die schweren Schritte des Trinkers aus dem dritten Stock. In den Seitenflügeln parterre riecht es nach nassem Hund, nach Niere und Pansen vom Freibankschlachter. Im vierten Stock, Vorderhaus, riecht es nach Kaffee und Rätselheften, der Fernseher läuft den ganzen Tag.

Die alte Frau, die stets den gleichen Kittel trägt, kennt alle Serien. Nachts kann sie nicht schlafen und ruft nach ihrem Mann, der längst gestorben ist. Der Geruch kommt aus den Hauskellern, den Bretterverschlägen, in denen die Mieter ihre ausgemusterten Habseligkeiten lagern, muffige Auslegware, Klappstühle, Kinderwagen aus den sechziger Jahren, Geschirr, kaputtes Spielzeug, Einmachgläser, Kohlenbriketts.

In den Hinterhöfen steht dieser Dunst, er weht aus den Seitenflügeln und Remisen und mischt sich mit dem Autolärm und dem stechenden Geruch der Abgase auf den breiten Alleen. In den Seitenstraßen tritt er stärker hervor, in den schmalen, kopfsteingepflasterten Gassen mit ihren Linden, die im Sommer klebrig blühen und im Winter schwarz und kahl stehen, vergessene Finger, die nirgendhin weisen.

Der Geruch hängt in den Gardinen der Kneipen, die »Stützpunkt« oder »Hammer« heißen, »Tasmania-Eck«, »Boddin-Stuben« oder »Zum Schwarzen Wolf«. Die Türen stehen tagsüber offen, Schlagermusik dringt heraus, die lautstarken Unterhaltungen der Männer, die frühmorgens das erste Bier trinken, die Stunde um Stunde beim Knobeln stehen und aufbrüllen, wenn die richtige Zahl fällt, und die nachts ihre Wohnungen suchen, vor einem Hauseingang stehen bleiben, nach dem Schlüssel nesteln, die Hausnummer nicht mehr kennen, vor der Toreinfahrt ausruhen, indem sie in die Hocke gehen und die Augen schließen, nur für einen Moment, dann schrecken sie auf, weil sie nicht wissen, ob sie wach sind oder träumen.

_2_

Hans Odefey wußte nicht, worauf er sich einließ, als er Anfang der achtziger Jahre in Neukölln eine Wohnung nahm. Er war zwanzig Jahre alt, lang und dünn, sein schmales Gesicht wirkte wie ein Fragezeichen. Er kam vom Land und wollte, weil er sonst nichts vorhatte, in Berlin studieren.

Seine Schwester lebte in Wedding. Odefey war für zwei Wochen bei ihr untergekommen, um in der Stadt ein Zimmer zu suchen. In Wedding wollte er nicht bleiben. Die Wohnung seiner Schwester war kalt, der Hinterhof grau und trostlos. Morgens kam ein junger Mann aus dem Seitenflügel gegenüber, er zog beim Gehen den linken Fuß nach. Manchmal stand er in der Toreinfahrt, wenn Odefey sich auf Wohnungssuche machte, rauchte eine selbstgedrehte Zigarette und schien den Weg über die vielbefahrene Hauptstraße zu scheuen. Sie kannten einander vom Sehen, doch sie grüßten sich nicht.

An jenem Morgen ging Odefey in einem klaren kalten Licht vom Hermannplatz aus nach Neukölln hinein. Er hatte in der Zeitung von einer Wohnung im Wörnitzweg gelesen, die zu besichtigen war, doch in der Sonnenallee kam er von seinem Weg ab. An der Ecke zur Fuldastraße stand ein Lieferwagen schräg auf dem Gehweg. Die Autofahrer hupten.

Zwei schwitzende Männer kamen aus dem Hausflur und wuchteten vollgepackte Kisten und Wäschekörbe mit Geschirr und Kochtöpfen auf die

Ladefläche. Eine abgesessene Couch stand bereits dort, dahinter ein Gummibaum, an der Seite ein zerlegtes Regal. Odefey blieb neugierig stehen, er spürte die Gelegenheit, die sich ihm bot, und erkundigte sich, ob im Haus eine Wohnung frei werde. Einer der Männer wies durch den Hausflur zum Hinterhof, wo zwei Frauen standen: »Fragste die Pilarski, die is hier Hauswart.«

Odefey schaute die Fassade hoch, bevor er das Haus betrat. Dunkelgrauer Kieskratzputz. Er gab sich einen Ruck und ging auf die beiden Frauen zu, die an der Teppichstange standen. Sie trugen abwaschbare Küchenschürzen und schienen viel Zeit an diesem Vormittag zu haben. Die kleinere der beiden, hager und unruhig, fingerte nach einer Zigarette. Ihre Nachbarin stand mit erhobenem Haupt, die blondierten Haare aufgefönt wie Bonnie Tyler. Sie schwang einen Teppichklopfer. »Und wenn et nicht mein eigener Mann wäre«, sagte sie eben, »dann möchte man ihm wat antun.«

Ihr Blick glitt über Odefey, der höflich wartete. »Sind Sie Frau Pilarski?« fragte er, da eine Pause entstand.

»Wer willn det wissen?« fragte sie zurück. Odefey erklärte, wer er war und woher er kam, sein Herz schlug aufgeregt, und seine Wangen röteten sich, als er ihren Blick auf sich ruhen spürte.

»Kann ich mir die Wohnung, die frei wird, vielleicht ansehen?« fragte er schließlich.

»Ob Sie es können, weeß ick nich, aber dürfen dürfen Sie«, erwiderte die Hauswartsfrau. Die Nachbarin steckte sich zustimmend eine Zigarette an.

Odefey begleitete die beiden Männer in den vierten Stock des Hinterhauses. Am Treppenabsatz hingen fünf Briefkästen, deren Türen herausgebrochen waren.

Er sah sich nur kurz in der leergeräumten Wohnung um. Die Toilette lag eine halbe Treppe tiefer. Ein kleiner Flur trennte Wohnungstür, Küche und das einzige Zimmer. Dieses Zimmer aber war groß und licht. Die Wände waren auf einer Seite dunkelbraun gestrichen. Die Fußbodenbohlen ochsenblutrot. Odefey überlegte bereits, wo er seine Matratze hinlegen könnte. In der Küche tropfte der Wasserhahn über der Spüle, er drehte ihn zu. Da wußte er, daß er die Wohnung haben wollte.

Er ging ans Fenster, dessen Doppelscheiben staubig und blind waren, öffnete sie und schaute hinaus auf den Hinterhof. Zunächst schreckte er zurück, weil die Fenster des Vorderhauses ihm so nah schienen. Er konnte in die Wohnungen der anderen Mieter schauen, meist in die Küchen, wo ältere Frauen zugange waren. Das Quadrat des Hofes wurde vervollständigt durch das Nachbarhaus. Ein schiefgewachsener Baum stand in der Mitte der betonierten Fläche und schien nach Luft zu ringen. Davor war auf seiner Seite eine Teppichstange, neben der zwei zusammengerollte Brücken lagen, ein Läufer hing widerstandslos über der Stange. Die beiden Frauen schauten zu ihm hinauf. Odefey winkte ihnen zu, als wäre er bereits der neue Nachbar aus dem Hinterhaus.

_3_

Odefey spürte, als er die Treppen hinunterlief, die feinen Risse in der Schale, die sein bisheriges Leben umschlossen hatte. Mit jedem Schritt öffnete sich die Schale ein wenig weiter, kleine Stücke brachen heraus, er beeilte sich, um der Angst zu entkommen, die ihm plötzlich im Nacken saß. Im Hof bearbeitete die Hauswartsfrau den Läufer auf der Teppichstange mit gezielten, wuchtigen Schlägen. Odefey ging gleich auf sie zu und sagte: »Ich möchte diese Wohnung bitte schön mieten, Frau Pilarski!«

Vielleicht war sie es nicht gewohnt, so angesprochen zu werden. Sie stutzte kurz, ließ den Teppichklopfer durch ihre festen Hände gleiten, zeigte ihm die zusammengerollten Teppiche und wies hinauf zum zweiten Stock des Vorderhauses. »Sie sind doch ein kräftiger junger Mann, tragen Sie mir die beiden Teppiche hoch in die Wohnung, dann gebe ich Ihnen die Adresse der Hausverwaltung.« Er nickte, schulterte die erste Brücke und trug sie durch das Treppenhaus, das nach Reinigungsmitteln roch, in den zweiten Stock.

Die Tür war angelehnt. Der Fernseher lief. Im Wohnzimmer saß ein kleiner, breitschultriger Mann auf der Couch, er trug ein weißes Unterhemd, das über dem Bauch spannte, eine Schlafanzughose und Hauspantoffeln. Seine Unterarme waren blau tätowiert, links ein Steinkreuz im Strahlenkranz, rechts eine Kobra. Mit einer achtlosen Handbewegung zeigte er Odefey, wo er den Teppich abzulegen hatte.

Gleich darauf lief Odefey wieder hinunter, die zweite Brücke zu holen, erfüllt vom Gedanken an die Wohnung drüben im Hinterhaus, oben im vierten Stock, wo mittags die Sonne hineinschien. Im Treppenhaus kam ihm Frau Pilarski mit dem eingerollten Läufer entgegen. Er streifte aus Versehen ihre fleischige Schulter, als sie aneinander vorbeigingen.

Er hob den zweiten Teppich auf seine Schultern und taumelte mit ihm die Stufen hinauf. Sein Herz pumpte angestrengt, als er oben anlangte. Frau Pilarski fing ihn an der Wohnungstür ab und lenkte seinen Weg ins Schlafzimmer. »Legen Sie ihn ab, den rollt Manfred nachher aus«, sagte sie, und Odefey blickte zu Boden, um nicht auf das Ehebett zu starren.

In der Küche schrieb sie ihm in großer, weitgeschwungener Schrift die Adresse der Hausverwaltung auf einen Bestellblock mit Schultheiss-Aufdruck. Während sie schrieb, erschien ihre Zungenspitze zwischen den Lippen und bewegte sich tastend von einem Mundwinkel zum anderen. »Ach, ich rufe da gleich mal durch«, sagte sie, als sie Odefey den Zettel reichte, »dann können Sie heute noch vorbeigehen, wenn Sie sonst nichts vorhaben.«

Er nickte begeistert, er hatte es eilig, das unverhoffte Glück der freien Wohnung festzuhalten.

_4_

Am selben Tag stellte er sich bei der Hausverwaltung am Wittenbergplatz vor, um sich für die Wohnung zu bewerben. Er händigte dem Bearbeiter eine maschinengeschriebene Bürgschaft seiner Mutter aus, zahlte an Ort und Stelle drei Monatsmieten Kaution und die Aprilmiete. Den Mietvertrag unterschrieb er mit zittriger Hand.

»Neukölln, na viel Vergnügen«, sagte die Sekretärin, als Odefey sich mit einem angedeuteten Diener bedankte. Er fuhr zurück zur Sonnenallee. Frau Pilarski händigte ihm die Wohnungsschlüssel aus und sagte ihm, wo er Putzzeug, Farben und Pinsel kaufen konnte. Am nächsten Tag war er wieder da und richtete die Wohnung her. Er riß die Tapete mit dem Rautenmuster herunter, weißte mehrmals die braune Wand, scheuerte den Fußboden und lackierte ihn dunkelgrün. In den zwei Tagen, die der Boden zum Trocknen brauchte, holte Odefey seine Sachen aus dem Haus seiner Mutter.

Die Wolken standen still über dem flachen Land. Er ging den Weg am Deich entlang, hörte das Hämmern von der kleinen Werft her, die Schreie der Vögel in den Apfelbäumen, das langgezogene Tuten der Frachter auf dem Strom. Die Schafe stoben auseinander, als er vorbeiging. Am Ufer bog sich das Schilf, und das Wasser klatschte an die Steine, wenn die Frachter vorbeigezogen waren. Odefey packte zwei Koffer mit Kleidern und Büchern. Seine Mutter seufzte schwer, als sie ihn packen sah, doch weil sie sich gern Sorgen machte, ließ sie ihn gern gehen. Die Schlüssel zu seiner Wohnung in

Neukölln klimperten schon in seiner Hosentasche. Nichts hielt ihn mehr. Die Spatzen warfen sich in den Himmel, als er fuhr.

Ein Bekannter seiner Schwester nahm ihn mit nach Berlin. Bei Lauenburg überquerten sie die Grenze, es dämmerte bereits. Sie fuhren durch gelb beleuchtete Orte, in denen kein Mensch sich blicken ließ. Hinter Ludwigslust begann die Autobahn, die verlassen lag. Der Fahrer fürchtete sich vor Kontrollen der Volkspolizisten und fuhr nicht mehr als neunzig Kilometer in der Stunde. Er suchte ständig nach einem Radiosender mit guter Musik. Odefey schlief ein und wachte erst kurz vor Mitternacht wieder auf. Die große Stadt schimmerte vor ihnen in der Nacht. Er nahm die letzte U-Bahn bis Rathaus Neukölln, ging die Fuldastraße hinunter, trug die Koffer die Treppen hoch und schloß seine Wohnung auf. Sie roch nach frischer Farbe.

Er zündete eine Kerze an und öffnete ein Fenster zum Hof. Im Vorderhaus sang eine Frau mit rauher und leidenschaftlicher Stimme: »Und sie stelln dich, Henry Higgins, an die Wand, und der King sagt, Liza, heb die Hand ... Dann zielt allet uffs Jemeuer, ick ruf Achtung, los, Feua!« Im Nebenhaus brüllte eine Männerstimme: »Nu is aba jut!«

_5_

Die ersten Wochen brauchte Odefey, um sich an den Kiez zu gewöhnen. Morgens weckten ihn die Amseln und Drosseln, die auf dem Baum im Hinterhof sangen. Er drehte sich auf seiner Matratze noch einmal um und schlief weiter. Er hatte Zeit. Lange blieb er in seiner Wohnung, kochte sich Tee, rauchte und las.

Mittags reparierte ein junger Mann auf dem Nachbarhof, der mit Zaun und Stacheldraht abgetrennt war, sein Moped, probierte wieder und wieder das Standgas aus, bis ein anderer Mieter das Fenster öffnete und seine Musikanlage aufdrehte. Die Stimme von Chris Norman eroberte mit »Midnight Lady« den Hof. Das Lied wurde eine halbe Stunde lang wiederholt, unten war der Mopedbastler dabei, den Schalldämpfer des Auspuffs zu entfernen, seine Maschine klang nun kräftiger und rotziger.

Frau Pilarski beugte sich einige Male aus dem Küchenfenster und rief ihn zur Ordnung; sie drang jedoch nicht zu ihm durch und schlug das Fenster mit einem Knall zu. Wenn die türkischen Kinder auf dem benachbarten Hof spielten, konnte die Hauswartsfrau ebenfalls gellend laut werden. Die Kinder kümmerten sich nicht darum. Odefey wunderte sich, daß sie immer wieder nach »Ane, Ane« riefen. Er hielt es für einen sehr beliebten türkischen Mädchennamen, die meisten Frauen hießen so. Auf seinem Hof spielten nur gelegentlich die beiden Kinder von Lindners, die im Vorderhaus parterre wohnten.

Odefey machte sich meist am frühen Nachmittag auf, den Kiez zu erkunden. Er sprach mit niemandem, wanderte stundenlang durch die Straßen und kam aus dem Staunen nicht heraus. Neukölln schien ihm ein riesiges Schiff zu sein, das knarrend im Wind lag. Hier wohnten Abertausende Familien eng beieinander, nur durch die dünnen Wände ihrer Wohnungen getrennt, durch die Treppen in den Häusern, auf jeder Etage zwei oder drei Familien. In den Seitenflügeln und Hinterhäusern lebten andere Bewohner, in schmale Zimmer gedrängt, Ehepaare, die mittwochs zum Kegeln gingen, am Samstagabend mit Freunden im »Blauen Affen« saßen, alleinstehende Frauen, verlassene Männer, die sich kaum blicken ließen.

Die Familien sahen einander über die Hinterhöfe hinweg bei ihren Verrichtungen zu, die Hausfrauen kannten die Stimmen ihrer Nachbarinnen, Frau Schmidts keifende Stimme, wenn sie abends mit ihren Kindern schimpfte, die schrille Stimme der Frau aus dem zweiten Stock, die ihrem Mann vorrechnete, was er im Spielsalon ausgegeben hatte, die dunkel rasselnde Stimme der Kneipenwirtin, die mit ihrem neuen Bekannten im Seitenflügel wohnte. Die Mieter kannten den Geruch des Essens, der mittags durch das Treppenhaus stieg und sich bis zum Abend dort hielt. Sauerkraut, gebratene Leber mit Zwiebeln. Bratwurst mit Erbsenpüree.

Die Kinder saßen nachmittags auf dem Bürgersteig und hatten Decken ausgebreitet, auf denen sie ihre alten Spielsachen feilboten, kleine Bagger, einarmige Puppen, Bücher, winzige Gummitierchen, Klackerbälle und Bettelarmbänder aus dem Kaugummiautomaten an der Ecke. Abends spielten sie auf den Höfen, in den Seitenstraßen, am Landwehrkanal. Ihre hellen Stimmen drangen durch die heraufziehende Dunkelheit, dann wurden sie ins Haus gerufen mit durchdringenden Pfiffen, ein jedes in seine Wohnung. Sie kannten die Hauseingänge, die Wohnungstüren an kleinen Zeichen, die nur Kinder sich merken, sie verschwanden in den Treppenhäusern, trappelten die Stufen hoch, bullerten gegen die Türen, hatten Hunger. In den Häusern brannten längst die Lampen. Das Viertel war untergründig durchzogen von elektrischen Kabeln und Telefonleitungen, vernetzt mit Trinkwasserleitungen und Kanalisationsrohren. Darunter wummerten die U-Bahnen in den Tunneln.

Die Pannierstraße wurde aufgerissen, die Asphaltdecke aufgebrochen von Preßlufthämmern, die Gehsteige mit ihren unzähligen würfelförmigen Pflastersteinen längshin aufgeschlitzt bis zur nächsten Straßenecke. Der helle Sand lag in Haufen daneben. Die Straßenarbeiter saßen mit nackten Oberkörpern in der Aprilsonne und sahen dem Bagger zu, der in die Tiefe grub, bis die Innereien, Sehnen und Adern des Viertels bloßlagen. Die Leitungen sollten ausgewechselt werden, und das konnte dauern. Die Mieter in den anliegenden Häusern hatten für einige Stunden kein fließend Wasser, sie lagen mit mißmutigen Blicken auf ihren Fensterbänken, um den Fortgang der Arbeiten zu verfolgen. Gegenüber saßen fünf fröhliche Leute auf Plastikstühlen vor ihrer Stammkneipe und kommentierten den Arbeitseinsatz. Wenn die

Wirtin aus dem Dunkel der Kneipenhöhle ins Sonnenlicht trat, hoben sie ihre leeren Gläser: »Machst uns noch eins?«

_6_

Nach einigen Tagen lernte Odefey den Hauswart seines Hauses näher kennen. Als er seine Mülltüten ahnungslos in die Tonnen auf dem Hof warf, kam Herr Pilarski um die Ecke geschlendert, sagte »Momentchen mal!« und griff nach der Friedhofsharke, die er hinter den Mülltonnen bereithielt. Odefey grüßte und versuchte ein Gespräch unter Nachbarn zu beginnen. Herr Pilarski beachtete ihn nicht.

Er klappte die Tonne wieder auf und stocherte mit spitz zugezogenem Mund in den Abfällen herum. Odefey stand neben ihm und schaute auf den wulstigen Nacken des Hauswarts. Schultern und Oberarme waren mit unzähligen Sommersprossen gesprenkelt. Er hätte ihn gern etwas gefragt, doch er wußte nicht wonach, und stand beklommen da, bis der Hauswart die Prüfung der Mülltüten abgeschlossen hatte und die Tonne zuklappte. »Is jut, kannst jehn«, sagte er, ohne Odefey anzusehen, der ihn um zwei Kopfeslängen überragte.

Sie trafen sich nun öfter. Odefey hielt es mittags, wenn er ausgeschlafen hatte, nicht in seiner Wohnung, er wollte hinaus auf die Neuköllner Straßen. Herr Pilarski aber hielt, wenn er sich langweilte, den Hof besetzt. Man kam an ihm nicht vorbei, ohne mißtrauisch gemustert zu werden. Odefeys Tagesablauf schien ihn zu beunruhigen. »Sagen Se mal«, fragte er anderntags, als Odefey, die Hände in den Hosentaschen, eben auf die Straße wollte, »wat machen Sie eigentlich so?« Odefey zuckte freundlich mit den Schultern. »Na, ich bin Student«, erwiderte er lässig.

Herr Pilarski verschränkte die Arme über dem schweren Brustkasten. Er schaute an Odefey vorbei und schüttelte den Kopf. »So wie Sie hier kommen und gehen, det is doch keen Studieren!« Dabei wippte er auf den Fußballen und schien auf eine Erklärung zu warten.

Odefey räusperte sich hastig und teilte dem Hauswart mit, er wollte sich nächste Woche einschreiben, das Semester beginne erst Mitte April. »Ach so«, sagte Herr Pilarski, »und bis dahin gammelste hier in der Gegend rum«. Ehe Odefey dazu eine Antwort einfiel, erschien Frau Pilarskis Kopf im Küchenfenster. »Na, vertragt ihr euch?« fragte sie in den Hof hinunter. Die beiden Männer musterten sich und schauten mit einem Nicken zu ihr hinauf.

»Manfred, nu mach doch mal hinne«, sagte sie, »ich hab auch nicht ewig Zeit.« Herr Pilarski verschwand ohne ein weiteres Wort im Treppenhaus. Frau Pilarski beruhigte den verblüfften Odefey. »Der ist nich so grimmig, der tut nur so.« Sie lächelte ihm zu, bevor sie das Küchenfenster schloß, und ordnete sich hinter der Gardine die Haare.

_7_

Die Neuköllner waren ständig in Eile. Odefey merkte das im Supermarkt, wo er Nudeln kaufte, Käse, Marmelade und Bier. Er stand oft nachdenklich vor den Regalen, die Rentnerinnen stießen ihm mit ihren Einkaufswagen in die Kniekehlen und wiesen ihn scharf zurecht: »Jehn Se doch ma zur Seite, junger Mann!«

Auch vor der Kasse drängelten sie, und Odefey brauchte lange, bis er sein Kleingeld abgezählt hatte. »Nu komm ma aus der Hüfte, Mensch«, murrten sie hinten. »Wenn jeder so den Verkehr aufhält, na is doch wahr, muß doch nicht sein.« Er lächelte unsicher, traute sich in den nächsten Tagen aber immer später in den Supermarkt, bis er kurz vor Ladenschluß auftauchte, was die Kunden wiederum den Kopf schütteln ließ: »Diese Studenten! Pennen den ganzen Tag!«

Sein Weißbrot kaufte Odefey in der Bäckerei Nowak. Hier arbeitete eine Verkäuferin, die jeden Kunden persönlich zu kennen schien, wie auch die Kunden sie beim Hereinkommen persönlich begrüßten: »Tachchen, Frau Weber!« Sie war eine stattliche Frau. Ihr Gesicht glänzte vor Lebenslust. Odefey gefiel es, daß sie sich ständig berührte. Sie richtete ihr volles dunkelbraunes Haar, während ein Kunde sechs Schrippen bestellte. Sie strich mit einer Hand ihre Hüfte entlang, wenn er nach dem Geld kramte. Sie wischte sich mit kleinen, zärtlichen Bewegungen einige Krümel von der Schürze. Wenn sie einen Kunden besonders mochte, fragte sie gelegentlich mit seitlich gelegtem Kopf und unschuldigem Augenaufschlag, indem sie die Tüte mit den Schrippen über den Tresen reichte: »Kann ich noch etwas für Sie tun?«

Die Bauarbeiter, die um zehn Uhr morgens an den Stehtischen der Bäckerei ihr zweites Frühstück nahmen, liebten sie. »Wat meinen Sie bloß, Frau Weber, wat wolln Se denn für mich tun?« fragten sie zurück. Frau Weber war um eine Antwort nie verlegen. »Och, ne warme Schrippe, schön jebuttert, ist doch wat Jutet.« Die Aufmerksamkeit der Männer ließ sie weiter aufblühen. Die Männer vom Bau sahen die Neuköllner Frauen draußen auf dem Bürgersteig vorbeigehen und vergaben Noten, die den Bewertungen beim Eiskunstlauf entsprachen. »5,2 für die Alte da drüben, 5,4 für det Mädel mit dem Pferdeschwanz. Kiekma, die Zehnminutenschlampe da, 4,8.« Frau Weber war keß genug, sich auch nach ihrer Note zu erkundigen. »Was glauben Se denn! Eine glatte 6,0 von uns allen!«

Wenn die Männer die Muskeln ihrer Oberarme verglichen, kam Frau Weber gern hinter dem Tresen hervor und ging mit schwingenden Hüften zum Stehtisch, um die Kaffeebecher abzuräumen. Sie befühlte die hingestreckten Oberarme und nickte anerkennend: »Na, da kann man nicht mekkern!«

An einem Dienstagmorgen fand Odefey den Verkaufsraum leer, als er hereinkam. Die Türglocke schrillte vergebens. Einige Minuten verstrichen, und als Frau Weber aus der Backstube kam, war ihr Gesicht gerötet. Sie ordnete sich das Kleid und die Schürze und schien nach hinten zur Backstube zu horchen. Sie wickelte das Weißbrot für Odefey ein, nahm sein Geld, legte ihm das Wechselgeld auf die flache Hand und bog seine Finger über die Münzen. Ihre Hand war sehr warm. Odefey war verwirrt, als er ging, und traute sich für mehrere Tage nicht mehr in die Bäckerei.

_8_

Odefey war frauenscheu, und dennoch ständig verliebt. In der Fuldastraße gab es eine Fleischerei, in der Lehrlingsmädchen die Kunden bedienten. Eine von ihnen gefiel ihm so sehr, daß er ins Zittern geriet, wenn er bei ihr zweihundert Gramm Kochschinken kaufen wollte. Sie hatte rosige Wangen und ruhige dunkelbraune Augen. »Was darfs denn bei Ihnen sein?« fragte sie. Hinter ihm standen sechs oder sieben Hausfrauen, einige hatten ihre Kinder dabei. Aus dem Kühlraum hörte man die Beilhiebe, mit denen Fleischstücke zerlegt wurden. Die ältere Kollegin des Lehrlingsmädchens kassierte das Geld einer Kundin und wandte sich der nächsten zu. Odefey stand immer noch reglos da, mit ausgetrocknetem Mund und entflammten Wangen. Eine Stille trat ein, in der sich alle Augen auf ihn richteten.

»Was wollen Sie denn nun?« fragte die junge Verkäuferin noch einmal und tippte mit der Wurstgabel auf die Ablage. »Zweihundert Gramm Kochschinken, bitte«, sagte er leise. Sie beugte sich vor. Seine Knie wollten nachgeben, als er den veränderten

Faltenwurf ihrer Bluse bemerkte. Er wiederholte die Bestellung ein wenig lauter, seine Stimme war plötzlich hell und schien zu hüpfen. Sie beugte sich zum Aufschnitt und hob mit der Gabel einige Scheiben vom Stapel des bereits geschnittenen Kochschinkens herunter, wog sie aus, faltete das Papier und fragte nach seinen weiteren Wünschen. Er schaute auf ihre Hände, während er glücklich verneinte.

Ihre Finger berührten sich, als er zahlte, und sie berührten sich wieder, als sie ihm zwei oder fünf Pfennig Wechselgeld zurückgab. Sie hatte sehr glatte fleischige Hände, und in jenem winzigen Moment der Berührung stellte er sich vor, sie könnten wirklich einmal Händchen halten, in einem Park, auf dem Rummel in der Hasenheide vielleicht, bei einem Spaziergang im Körnerpark oder beim Abschied vor ihrer Haustür.

Doch der Moment verflog, sie hatte sich der nächsten Kundin zugewandt, sein Päckchen Kochschinken lag auf der Theke, und aus dem Hinterzimmer ertönten mit neuer Wucht die Schläge des Knochenbeils. Odefey wagte nicht, die junge Verkäuferin noch einmal anzusehen, sondern rannte fast zur Tür, stolperte auf die Fuldastraße, lief über die Ampel und in seinen Hausflur hinein, durch den Hinterhof und die Treppen hinauf, bis er seine Wohnungstür erreichte.

_9_

Aus dem Studium wurde nichts. Odefeys Interesse erlahmte rasch, als er feststellte, wie weit der Weg von Neukölln nach Dahlem war. Zudem war er am Tag seiner Einschreibung in eine U-Bahn-Kontrolle geraten, als er ohne Fahrschein unterwegs war. Die Kontrolleure in ihren blauen Uniformen stiegen mit ihm an der nächsten Station aus, nahmen seine Personalien auf und gaben ihm ein Überweisungsformular über vierzig Mark, das er zu Hause ablegte und aus den Augen verlor. Von da an nahm er stets den ersten Wagen und hielt an jeder U-Bahn-Station den Atem an, ob sie auf ihn warteten. Diese Fahrten strengten ihn an. Auch die Seminare an der Universität ermüdeten ihn. Mit den anderen Studenten kam er nicht ins Gespräch, sie schienen sich alle bereits zu kennen, wirkten sehr schlau und selbstsicher. Odefey blieb für sich, und schließlich blieb er ganz in Neukölln.

An manchen Tagen begegnete er Frau Celebi, die mit ihrem Mann im vierten Stock des Vorderhauses zur Fuldastraße wohnte. Die Celebis waren die einzigen türkischen Mieter. Ihr Mann hatte einen kleinen Stand mit Obst und Gemüse zwei Straßen weiter. Sie wischte einmal in der Woche den Flur und die Aufgänge, jeden Donnerstag. Sie kniete dann auf den Stufen und wrang den Lappen mit bloßen Händen über dem Eimer aus. Odefey, der es vom Dorf her noch gewohnt war zu grüßen, fragte sie, wie es ihr gehe. Sie sah nicht auf. »Muß, muß«, sagte sie einsilbig und wischte weiter. Die Worte klangen in Odefey nach, als er die Treppen hinaufstieg.

In der Wohnung unter ihm wohnten zwei Männer, die wochentags in aller Frühe mit schweren Schritten zur Arbeit gingen und spät wiederkamen. Am Samstagmorgen ging einer von ihnen einkaufen und kehrte mit Tüten voller Flaschen zurück, die im Treppenhaus klirrten. Die beiden Männer wurden im Laufe des Tages allmählich lauter, sie redeten heftiger miteinander und knallten mit den Türen, auch schienen stumpfe Gegenstände gegen die Wand zu schlagen. Odefey bekam nicht mit, worum sie stritten. Was es auch war, sie steigerten sich regelmäßig in einen Wutrausch hinein. Am Abend brieten sie sich Fleisch, vergaßen aber, die Pfanne vom Herd zu nehmen, da sie im anderen Zimmer tranken und zankten. Er roch den beißend schwarzen Qualm der verschmorten Koteletts und hörte eine halbe Stunde später die gegenseitigen Vorwürfe, das Klappern und Zischen der Pfanne, die fluchend unter den Wasserhahn gehalten wurde.

Schlimm waren die Samstagnächte. Die beiden rumorten in ihrem Zimmer, drehten das Radio auf, rückten Stühle, stießen sie um, einer schrie: »Mensch paß doch auf, du Affe!« Es folgte ein Poltern von schweren Gegenständen. Satzfetzen drangen durch die Decke, Wortstümpfe: »Kommher, du Penner, kommherhier!« Und wieder Türenschlagen, ein aufgellender Schrei, als wäre eine Hand eingeklemmt worden. Hin und wieder erschütterte das Fallen eines massigen Körpers die Wohnung, daß auch Odefeys Teetasse zitterte.

Er fand nicht den Mut, hinunterzugehen und an die Tür zu klopfen, wenn die Kämpfe ihren Höhepunkt erreichten. Er schlich durch sein Zimmer, als wäre er nicht zu Hause, lag lange wach im Bett, las und atmete flach.

_10_

Im September lernte er Susanne kennen. Sie stand im Supermarkt »Condi« vor dem Milchregal und hielt zwei Pfirsichdosen und eine Packung Mehl so ungeschickt in ihren Armen, daß Odefey sie in einem Anflug von Mut fragte, ob sie seinen Einkaufswagen mitnutzen wollte. Sie lächelte gedankenverloren, stellte zwei Liter Milch dazu und erzählte, während sie gemeinsam zur Kasse gingen, vom Pfirsichkuchen, den sie backen wollte. Odefey mochte nicht unhöflich sein, als sie auf der Sonnenallee standen, und bot ihr an, ihre Einkäufe nach Hause zu tragen. Sie nahm sein Angebot mit einem abwesenden Nicken an, erzählte weiter vom Kuchen, der für ihren Tanzlehrer Gernot gedacht war, und lachte aufgeregt. Odefey begleitete sie zur Hobrechtstraße, wo sie im Seitenflügel in der Parterrewohnung lebte.

Ihr Zimmer glich dem einer Prinzessin, der die Dienerschaft abhanden gekommen war. An der Türschwelle knäuelte sich ein Gestrüpp von Anschlußkabeln, Dreiersteckern und Verlängerungsschnüren, die zu verschiedenen Geräten im Zimmer führten. Auf dem Fußboden lagen aufgerissene Briefumschläge, fotokopierte Seiten, Bücher, einige

Kissen und Decken. An der Wand hing eine Reihe von Selbstporträts, die Susanne, wie sie undeutlich erklärte, in ihrem Katastrophenjahr gezeichnet hatte. Odefey bewunderte die Bilder, fragte aber nicht näher nach jenem Jahr; der lodernd anklagende Ausdruck der Augen auf ihren Zeichnungen hielt ihn davon ab. Susanne zeigte ihm die Küche, wo er die Einkäufe abstellen konnte, und erzählte von ihrem ersten Semester an der Freien Universität, an der sie Theaterwissenschaften hatte studieren wollen.

Doch die Professoren waren ihr rasch unangenehm geworden, die trockenen Vorträge zu Lessing und Kotzebue ödeten sie so an, daß sie beschlossen hatte, lieber Schauspielerin zu werden. In ihrer alten Schule in Leichlingen hatte sie in der Theater-AG mitgemacht und bei einer Aufführung die Hauptrolle gespielt. Die Aufführung und besonders ihre darstellerische Leistung waren im Lokalblatt lobend erwähnt worden, Susanne zeigte Odefey den Ausschnitt, der neben einigen Postkarten über dem Küchentisch hing. Er las die Zeilen aufmerksam durch, glaubte sie auf dem unscharfen Schwarzweißbild zu erkennen und nickte anerkennend.

Dann stand er ratlos in der Küchentür und sah Susanne dabei zu, wie sie einige Schüsseln hervorholte, das Mehl nach Augenmaß in eine von ihnen schüttete. Sie kam wieder auf Gernot zu sprechen, der sie für eine Rolle in einem Tanztheaterstück ausbilden wollte und sich dabei in sie verliebt hatte, aber nicht von seiner Frau, mit der er ein kleines Kind hatte, loskam. Susannes Hände zitterten, als sie die Eier aufschlug und mit hastigen Bewegungen mit dem Mehl verrührte, die ersten Tränen rannen über ihre Wangen und tropften in die Schüssel. Odefey stellte sich erschrocken hinter sie, traute sich aber nicht, sie zu berühren. Sie ließ die Eierschalen aus ihren Fingern gleiten und lehnte sich gegen ihn, während sie weinend weiterredete, wie sehr Gernot sie verletzt hatte und immer wieder warten ließ. Odefey legte ihr eine Hand auf die Schulter und spürte das Zittern ihres warmen Körpers.

»Und ich habe ihm alles gegeben, was eine Frau zu geben vermag!« schluchzte Susanne schließlich auf, drehte sich zu Odefey, der sie in die Arme nahm und unbeholfen auf das dunkle lockige Haar küßte.

_11_

In den Tagen danach brachte er es nicht über sich, sie noch einmal zu besuchen, obwohl er auf seinen Gängen mehrmals durch die Hobrechtstraße kam.

Als sie sich zwei Wochen später auf der Sonnenallee zufällig sahen, war Susanne wie ausgewechselt. »Na?« fragte sie und faßte verspielt nach Odefeys oberen Hemdknöpfen, die er in der Herbstsonne geöffnet hatte. Sie strahlte und wies auf die Einkaufstasche zu ihren Füßen. »Magst du einer jungen Dame mal übern Damm helfen?« fragte sie mit heller, bittender Mädchenstimme. Er mußte lachen, nahm ihre Tasche und ging mit ihr in die Hobrechtstraße. »Vom Pfirsichkuchen kann ich dir nichts anbieten, den habe ich dann allein aufgegessen«, sagte sie munter, »aber eine Tasse Tee, wenn du magst.« Odefey nickte überrascht. »Ja gern«, sagte er und wunderte sich, wie leicht ihm zumute war.

Sie tranken den Tee in ihrer Küche, Susanne verstaute die Einkäufe im Kühlschrank und auf einem Regal, während sie von einer Rolle erzählte, die sie in Aussicht hatte. Jedenfalls hatte ein Bekannter ihr erzählt, daß sie am Schillertheater Komparsen suchten. Susanne straffte ihre Schulter und sagte andächtig: »Hans Neuenfels! Elisabeth Trissenaar! Mit denen würde ich gern mal arbeiten.«

Odefey trank den bitteren Tee und hörte ihr zu, indem er mehrmals kehlige Geräusche machte, die sie zum Weiterreden ermunterten. Dann wechselten sie auf die Kissen in ihrem Zimmer, Susanne streckte sich aus, während er die Teeschale auf einem Knie balancierte. Ein Moment des Schweigens entstand. Susanne setzte sich neben ihn, ihr Gesicht neben seinem, schaute ihn mit großen Augen an und strich mit einer warmen Hand über seine Wangen. »Das hat mir gutgetan, als du letztes Mal dawarst, das war so lieb von dir.« Odefey schaute sie still an und wartete ab.

»Du darfst mich anfassen, wenn du magst«, sagte sie, nahm seine Hand und legte sie auf ihren Schenkel, der seiner Handfläche sanft entgegenkam. Odefey hörte im Hinterhof einen Dackel kläffen und helle Kinderstimmen, ein Fußball sprang an Mülltonnen, die aufschepperten, während Susanne neben ihm zurücksank auf die Kissen. Er küßte ihren Hals, tastete nach ihrer Bluse, die seidig weich war, er fand Susannes Lippen, sie seufzte, als er sich die Kleider abstreifte, und schlüpfte selbst mit wenigen kundigen Bewegungen aus ihren Kleidern.

Im Dämmerlicht des Zimmers wirkte ihre Haut mondhell, dabei von einer inneren Hitze durchströmt, die sofort auf Odefey übersprang, als Susanne sich an ihn drängte. Die Kinder draußen traten den Fußball wieder und wieder gegen die Mülltonnen, und Susanne, die auf ihm lag, erstarrte plötzlich, setzte sich auf und sagte mit vorgeschobener Unterlippe: »Du atmest wie Gernot.«

_12_

Dennoch sahen sie sich nun häufiger. Odefey sehnte sich nach ihrer weißen Haut, und Susanne, in Decken eingewickelt, unterhielt ihn mit dem Drama ihres Lebens. Gernot war wieder aufgetaucht und hatte geweint, sie hatten sich geliebt, dann war er wieder für Tage verschwunden. Susanne sprach von seinen kalten, toten Augen, und Odefey nickte. Er wärmte seine Hände an der Teeschale. Draußen war es kalt geworden, die Neuköllner gingen schon in Mänteln, und in den Straßen lag abends und morgens ein schwerer Geruch von Ruß und Kohle.

Auch Susanne fror. Sie sah sich aber außerstande, in den Keller zu gehen, wo ihre Kohlen lagen.

»Ich graule mich da unten zu Tode«, flüsterte sie und nahm Odefeys Hand. »Kannst du nicht gehen? Mir ist so kalt.« Wie zum Beweis schmiegte sie ihr Gesicht an seinen Hals, und er spürte ihre feuchte kalte Nase. »Ja, ich geh gern«, sagte er, »Kohlenholen ist Männersache.« Susanne sah ihn bewundernd an, gab ihm den Kellerschlüssel, wies auf einen zerbeulten Emailleeimer, der zugleich als Ascheneimer diente, schlüpfte unter ihre Bettdecke und lächelte ihm dankbar zu. »Ich warte hier auf dich.«

Odefey ging über den kalten Hinterhof, schloß die Kellertür auf, hinter der eine Steintreppe hinunterführte. Das gelbe Licht einiger Glühbirnen ließ ein Labyrinth von Gängen und Abteilungen ahnen. Odefey beeilte sich, der Zähler des Lichtschalters knackte hinter ihm. Die gekalkte Decke des Kellers war niedrig, er mußte sich bücken, während er Susannes Verschlag suchte und endlich im dritten Gang rechts fand. Wie die anderen war er mit einem einfachen Vorhängeschloß gesichert. Odefey hörte das vorsichtige Trappeln von kleinen Füßen und meinte, am Ende des Ganges einige Mäuse oder Ratten huschen zu sehen, die sich vor dem Eindringling verbargen. Ansonsten war es sehr still. Es roch nach alten Möbeln und verrottetem Obst. Er schloß Susannes Verschlag auf, packte den Eimer mit Briketts voll, schloß wieder ab und ging hinauf. Ihm stand der kalte Schweiß auf der Stirn, als er in ihrer Wohnung ankam.

Susanne lag noch immer auf ihrem Bett. Odefey schichtete die Kohlen neben ihrem Ofen auf, legte drei Briketts auf die verbliebene Glut, schloß das Eisentürchen, öffnete die untere Tür des Ofens und stellte das Rohr auf Durchzug, damit die Briketts anglühen konnten. Susanne lag mit abgewandtem Gesicht unter ihrer Bettdecke und stöhnte leise, er wußte nicht, ob sie verzweifelt an Gernot dachte oder sich streichelte. Er setzte sich still auf die Bettkante und besah seine vom Kohlenstaub geschwärzten Hände. Wenn er sie drüben an der Küchenspüle wusch, durfte er Susanne in der nächsten halben Stunde nicht anfassen, das wußte er. Sie haßte kalte Hände. Gernots Hände waren stets wunderbar warm. Sie haßte auch schmutzige Hände, und besonders solche, die nach Kohlenstaub rochen. Gernots Hände waren immer makellos, sauber und weich, seine Fingernägel akkurat geschnitten. Er hatte es nicht nötig, Kohlen zu schleppen.

Odefey stand auf, um die Abzugsklappe zu schließen, während Susanne sich im Bett hin und her warf und schließlich lang anhaltend seufzte.

_13_

Neukölln ist keine Schönheit unter den Berliner Bezirken, am wenigsten im Winter. Die Straßen liegen schon nachmittags im Dunkeln, nur vereinzelt von trübe schimmernden Laternen erhellt. Ein scharfer Wind aus dem Osten treibt die Leute in die Wohnungen. In den Geschäften wird gehustet und geflucht.

Odefeys erster Winter in Neukölln war besonders eisig. Im Radio war die Rede von sibirischen Kaltluftmassen, die nach Berlin einströmten. Am Vormittag schien das Licht zu klirren, ehe es in den frühen Abendstunden erlosch. Wer von der Arbeit heimkam, beeilte sich. An den Ampeln traten die Neuköllner von einem Fuß auf den anderen, in ihren dünnen Anoraks und den billigen Schuhen waren sie der Kälte ausgeliefert, sie schoben mit dem Ellenbogen die anderen Passanten zur Seite. In den Kneipen wärmten sich viele mit Schnaps und lautstarken Gesprächen, die Wirte drehten die Musik auf, ließen die Öfen bullern, damit die Kunden blieben.

Odefey ging an den Lokalen, deren Scheiben von innen beschlagen waren, vorbei. Er hatte zu tun. Er mußte nicht nur Susannes Wohnung heizen, sondern auch seine eigene. Im Sommer hatte er nicht daran gedacht, Kohlen zu kaufen, vielmehr hatte er die Kohlenträger belächelt, die in der Julihitze die Tragen mit den aufgeschichteten Briketts vom Laster zerrten und sich auf den Rücken luden, um sie im halben Trab in den Hinterhof, in die Keller oder hinauf in die Wohnungen zu bringen. Jetzt mußte er in der Kohlenhandlung zwei Straßen weiter seine Brikettbündel kaufen.

Unter dem Gewicht der Kohlen schwankte er zurück in die Fuldastraße, seine Finger starben ab in der schneidenden Kälte, schon im Hinterhof keuchte er vor Erschöpfung und hatte noch die Treppen in den vierten Stock vor sich. Frau Celebi wischte die Treppe im zweiten Stock und hielt inne, als er sich Stufe um Stufe hinaufmühte. Er entschuldigte sich für seine Dreckspuren. »Muß,

muß«, sagte sie, und Odefey nickte. Ihre Hände waren von der Kälte rot und aufgesprungen.

Wenn er sich an seinem Ofen ausruhte, klingelte oft das Telefon, und Susanne bat ihn zu kommen. »Mir ist so kalt, ich mag gar nicht in die Küche gehen, um mir was zu essen zu holen!« Dann machte Odefey sich wieder auf den Weg in die Hobrechtstraße, nahm ihren Kellerschlüssel und den Emailleeimer, während sie mit Gernot telefonierte, der sich mit seiner Frau gestritten hatte. »Du mußt ihr Grenzen setzen«, sagte Susanne mit eifriger Stimme, »du kannst dir nicht alles von ihr gefallen lassen.« Odefey ging hinunter in den Keller, holte einen Eimer Briketts aus ihrem Verschlag und fütterte ihren Ofen, bis er zu glühen schien. Doch wirklich warm wurde es in ihrer Parterrewohnung nie.

_14_

Im Januar fielen die Temperaturen auf minus zwanzig Grad. Odefey wachte morgens mit klammen Fingern auf, obgleich er mit Hose und Pullover schlief. Auf den Fensterscheiben wuchsen Eisblumen. Er stocherte die Asche im Ofen auf, bis er einen Rest Glut fand, legte Papier und Holzscheite dazu, blies die Glut auf, und wenn die Holzscheite knisternd brannten, schichtete er die Briketts in den Ofen, der in diesen Tagen unersättlich schien.

In Küche und Außentoilette froren die Wasserrohre ein. Odefey fragte den Hauswart, was er tun könne. Herr Pilarski schob die Unterlippe vor und schüttelte den Kopf. »Weeß ick doch nich. Da müssen Se mit dem Pinkeln warten, bis die Rohre auftauen, vorher wird det nüscht!«

Odefey fror weiter. Er konnte sich ohne Leitungswasser keinen Tee kochen. Die Hausverwaltung, die er hilfesuchend anrief, vertröstete ihn ebenfalls auf den Frühling. Wasser sollte er sich beim Hauswart holen. Frau Pilarski hatte mehr Mitgefühl als ihr Mann, wenn Odefey bittend mit Krug und Kochtopf vor ihrer Wohnungstür stand, und winkte ihn in die Küche. »Komm Se rin, hier is schön mollig, Sie sehn ja ganz verfroren aus.« Sie goß ihm einen Kaffee ein, an dem Odefey seine Hände wärmte, zündete sich eine Zigarette an und betrachtete ihn nachdenklich. »Ist ja auch nicht schön, so allein da oben in der Kälte.« Odefey genoß den heißen Kaffee und fragte, als sie seinen Krug und Topf mit Wasser gefüllt hatte, ob er auch eine rauchen dürfe. Sie fuhr sich unauffällig durchs Haar und hielt ihm ihre Schachtel hin, als beide den Schlüssel im Türschloß knarren hörten. Frau Pilarski zog die Zigarettenschachtel wieder zurück. »Mein Mann.« Odefey nahm Krug und Topf, bedankte sich, ging mit einem Gruß am Hauswart vorbei, der murrend nachfragte, ob er immer noch kein Wasser habe. Oben in seiner Wohnung stellte er sich an den warmen Ofen und rauchte seine Zigarette allein.

Susanne hatte keine Zeit für ihn. Gernot war für einige Tage bei ihr eingezogen. »Seine Frau klammert«, erklärte sie Odefey am Telefon, »und wenn ich mich nicht um ihn kümmere, zerbricht er daran!« Odefey hatte verständnisvoll genickt und trieb sich tagsüber in den Neuköllner Geschäften herum, saß lange in der gutgeheizten Bücherei, wo mehrere Penner in der Comicabteilung zusammenhockten und eine Flasche Korn reihum wandern ließen.

_15_

An einem Nachmittag lief Odefey durch die Flughafenstraße und kam an einem Trödelladen vorbei, dessen Schaufenster mit leuchtendroten Buchstaben beklebt war, die verkündeten: *Günstige Gelegenheiten aus Privatbesitz.* In der Auslage waren Musikanlagen, Autoradios, Kameras aufgereiht, auch einige Armbanduhren und Schmuckstücke. Ein handschriftlicher Zettel forderte ihn auf, sich im Laden unverbindlich umzusehen. Er öffnete die Tür, die gegen eine Kuhglocke stieß, und trat in die warme, muffig riechende Höhle des Ladens. Der vordere Raum war vollgestellt mit Möbeln, an den Seiten zogen sich Regale hin, in denen weitere Kameras und Autoradios lagerten, Videorecorder, Plattenspieler, Fernsehgeräte, auch Autozubehör, ein Satz Reifen. In einer Ecke türmten sich abgelegte Kronleuchter.

In der anderen Ecke, am Kanonenofen, saß ein kleiner Mann im gelben Licht einer Stehlampe und las in einem Mickymausheft, das er widerwillig zuklappte, um sich der Kundschaft zuzuwenden. Odefey grüßte vorsichtig und rieb sich seine verfrorenen Hände. »Kalt draußen«, sagte er wie zur Entschuldigung. »Handschuhe hamwa nich«, stellte der kleine Mann mit heller, heiserer Stimme klar. Er bewegte sich rasch, sprunghaft, als habe er im Moment und überhaupt sehr wenig Zeit. Sein dünnes Haar trug er straff zurückgekämmt, der Mund war von einem starken Überbiß geprägt. Odefey stand bereits bei den Kameras, die ihn magisch anzogen. »Wat willste denn?« fragte der schmächtige Händler und drehte den Kopf zum Hinterzimmer, wo an einem Schreibtisch aus massivem Eichenholz ein weiterer Mann saß, der nun aufstand und näher kam.

Seine große Gestalt schien den Türrahmen auszufüllen, als er in den Verkaufsraum trat. »Biete dem Herrn doch einen Kaffee an«, sagte er mit tiefer Stimme, die von weither zu kommen schien. Er trug einen schwarzen Ledermantel, sein langes schwarzes Haar fiel auf die Schulterstücke. Er bewegte sich sehr langsam, musterte Odefey kurz und zog sich an seinen Schreibtisch zurück. »Und, Ralle, mir machste auch einen!« Ralle nickte eifrig. »Klar, Duke.« Er stand schon am Kaffeekocher, der auf einem Stapel Zeitschriften thronte. »Kann ich Ihnen helfen?« erkundigte er sich bei seinem Kunden, »Taschenuhren, alte Penthouse-Ausgaben? Nehmen Sie Milch und Zucker?« Odefey schüttelte den Kopf, er hatte eine gut erhaltene Minolta entdeckt.

»Sie, da haben Sie sich aber ein gutes Teil ausgesucht«, sagte Ralle, der plötzlich neben ihm stand und ihm einen Becher Kaffee reichte. »Sie sind bestimmt Fotograf.« Odefey nickte, er war es leid, als Student angesehen zu werden. »Ja, Fotograf«, murmelte er. Ralle nahm ihm die Minolta aus der Hand und klappte das Gehäuse auf. »Tadellos, haben wir grade reinbekommen. Ein Brauner, und sie gehört Ihnen.« Odefey erinnerte sich, daß man in diesen Läden stets feilschen mußte, wollte man nicht als Idiot angesehen werden. »Ziemlich altes Modell, das Objektiv ist auch nur mittelmäßig«, sagte er unschlüssig, »die ist grade mal dreißig Mark wert.« Ralle legte die Kamera zurück ins Regal. »Klar, kein Problem, Alter. Morgen ist sie eh weg. Aber schauen Sie sich ruhig noch um.« Damit ließ er sich wieder in seinen Sessel sinken, griff nach dem Mickymausheft und ließ Odefey mit dem Kaffee allein.

Draußen setzte Schneetreiben ein. Odefey wäre gern gegangen, wollte aber nicht unhöflich wirken, sondern trank in hastigen Schlucken den Kaffee, während er im Laden hin und her ging. Die Minolta schien ihn mit ihrem glänzenden Auge zu betrachten. »Für vierzig würde ich sie nehmen«, sagte er, als er endlich den Becher ausgetrunken hatte und neben dem Kaffeekocher abstellte. Der kleine Händler blickte von seinem Heft auf und rief ins Hinterzimmer: »Duke, vierzig für ne Minolta?« Odefey hörte keine Antwort, doch Ralle nickte ihm zu, holte eine zerknüllte Plastiktüte aus einem Papierkorb und packte die Kamera hinein. »Zahlen Sie beim Chef, er ist die Kasse.«

Odefey ging in den Nebenraum, der Mann im

Ledermantel schaute kaum auf, als Odefey ihm seinen letzten Fünfziger reichte. Er ließ den Schein mit einer gleitenden Bewegung in der Hosentasche verschwinden und sagte: »Stimmt so. Der Kaffee geht aufs Haus.« Dann griff er nach seinem Becher, und Odefey sah auf dem Daumenballen drei tätowierte Punkte. Er traute sich nicht zu fragen, was sie bedeuteten, und traute sich ebensowenig, seine zehn Mark zurückzufordern, sondern bedankte sich und ging hinaus ins Schneetreiben, die Plastiktüte mit der Kamera in seiner Hand.

_16_

Auf dem Heimweg kaufte er sich in einer Drogerie drei Schwarzweißfilme, setzte sich zu Hause an seinen Ofen und legte den ersten Film in die Kamera ein. Sie lag kalt und schwer in seiner Hand.

Er hob sie an seine Augen, sein Atem floß durch ihn hindurch, und die Welt kam ihm durch die Kamera entgegen. Er fotografierte die beleuchteten Fenster im Hinterhof. Das Telefon klingelte, er ließ sich nicht davon stören, sondern fotografierte den schrillenden Apparat. Innerhalb einer Stunde war der erste Film voll, und Odefey bemerkte, daß er seit Minuten eine Melodie summte.

Er legte den zweiten Film ein und ging hinaus. Er nahm die Stille des Treppenhauses auf, fotografierte unten im Hof die schwarzen Mülltonnen mit der dünnen weißen Schneehaube, vor der Haustür die vorbeifahrenden Autos, deren Reifen auf dem Schnee knarrten. Unten am Landwehrkanal fotografierte er die ineinandergeschobenen Eisschollen, die nackten Zweige der Bäume gegen das Licht einer Laterne. Längst lag die Kamera warm und selbstverständlich in seiner Hand. Er ging zur Mauer hinüber, die auf der Heidelberger Straße stand, vom gelben Licht der Grenzscheinwerfer beleuchtet. Die Straßen waren menschenleer, die Leute saßen in den Wohnungen, er sah einige Frauen in der Küche am Herd stehen und fotografierte das Viereck der Fenster. Im wolkenlosen Himmel stand geduldig der Mond, Odefey schaute ihn durch seine Kamera an, dort sah er klein und kümmerlich aus.

_17_

Bei »Ambrosius« in der Sonnenallee brannte noch Licht. Eine Kreideschrift am Eingang versprach: »Gepflegte Getränke! Warme Küche durchgehend bis 24 Uhr«, und Odefey spürte plötzlich, wie ausgehungert er war. Seit dem Morgen hatte er nichts gegessen. Er tastete in seiner Hosentasche einige Münzen und einen zerknüllten Geldschein, schob die Tür auf und ging hinein.

Die Trinker am Tresen schauten nicht auf, als Odefey leise grüßte. Neben der Theke baumelte ein selbstgefertigtes Skelett aus Pappe mit der Aufschrift: »So sieht ein Zechpreller aus, wenn wir ihn erwischen.« Der Raum vibrierte von der Schlagermusik und einer lautstarken Auseinandersetzung zweier Männer am Würfeltisch, die ihre unterschiedlichen Meinungen zur fachgerechten Erziehung von Hunden austauschten. »Hunde muß man brechen«, behauptete der eine, seine druckvolle Stimme übertönte die Musik, »sie müssen kapieren, wer der Herr ist!« Er ließ zur Bekräftigung seine Faust auf den Tisch knallen, daß die Würfel hochsprangen. Der andere winkte mit einer Hand ab und drehte gleichzeitig den Kopf nach hinten. »Da biste aber auf dem Holzdampfer, det bringt jar nischt.«

Der erste wiederholte seine Ansicht etwas lauter: »Hunde muß man brechen, verstehste, ihren Willen brechen, sie müssen kuschen vor dir, det meinte ick!« Die anderen Gäste folgten der Diskussion, mischten sich aber nicht ein. Der Wirt trat an Odefeys Tisch: »Wat willste?« Odefey bestellte ein Bier und fragte, ob es noch zu essen gäbe. »Gulaschsuppe haben wir noch.« Odefey nickte zustimmend. »Und det Bierchen, Kugel oder Henkel?« Odefey entschied sich für Kugel, und der Wirt zog mit einem Gesicht ab, als sei er beleidigt worden.

»Du hast doch keene Ahnung von Hunden, du Spinner«, tönte es im Hundestreit.

»Sag das noch mal.«

»Druck muß sein, Druck, verstehste, det is wie mit Kindern. Det jeht nicht nur mit Streicheln! Det braucht ooch mal die harte Hand.«

Der andere gab auf, winkte ab. »Komm, vergiß es.«

Sein Gegner freute sich über den Sieg und schlug dem Kontrahenten auf die Schulter: »Siehste, keene Ahnung, aber den Maxe markieren, nee, überlaß das ma kompetenten Leuten, du Flaume.«

Der erste kam aus dem Kopfschütteln nicht heraus. »Weeßte, wat dein Problem is?« Er legte eine Pause ein. »Zehn Zentimeter sind einfach nich jenuch.«

Die beiden Männer erhoben sich von ihren Hokkern, standen nun Brust an Brust, ihre rot angelaufenen Gesichter berührten sich beinahe. Der Wirt schlug mit einem Geschirrtuch auf den Tresen und murmelte einige beschwichtigende Worte.

»Det kann ja wohl nich wahr sein«, sagte einer der beiden. Sie rührten sich nicht vom Fleck. Sein Gegner langte mit einer Hand zum Tisch, tastete nach seinem Bierkrug und hob ihn langsam an die Lippen. Er zog einen langen Schluck, ohne den Mann vor sich aus den Augen zu lassen.

Dann beugte er den Kopf leicht zurück, als wollte er Anlauf nehmen, blies die Backen auf und prustete sein mundgelagertes Bier dem anderen ins Gesicht. Der duckte sich weg und holte brüllend zum Gegenschlag aus.

Zwei Männer warfen sich auf ihn, zwei weitere auf den anderen, der mit begossenem Gesicht dastand und schrie: »Haltet mich fest! Haltet mich fest, oder es geschieht ein Unglück! Ich bring den Penner um, ick brech dem Affen sämtliche Knochen!«

Die Musik setzte aus. Der Pulk der ringenden Trinker wogte und taumelte ineinander verkeilt durch den Schankraum, stieß gegen Odefeys Tisch, sackte gegen die Musiktruhe und löste sich in die einzelnen Männer auf. Odefey hatte schützend seine Hand über die Kamera gelegt und bereute nun, den grimmigen Engtanz der beiden nicht fotografiert zu haben.

»Nu is aber jut!« sagte der Wirt, der mit der Gulaschsuppe aus der Küche kam, »jetzt setzt euch hin und benehmt euch.« Er stellte Odefey das Bier und die Suppe hin. »Freitagabend«, sagte er, »kommt schon ma vor, eijentlich sind sie friedlich.«

_18_

Odefey kam spät in seine Wohnung zurück. Er legte die Kamera ab, schob noch zwei Briketts in den Ofen, rollte sich im Bett zusammen und schlief sofort ein. Gegen drei Uhr nachts klingelte das Telefon, er wankte schlaftrunken und aufgeschreckt durch sein Zimmer.

»Was ist denn los?« fragte er, als er endlich den Hörer in der Hand hatte. Susannes Stimme klang wach und gefaßt. »Ich wollte wissen, wo du warst. Du bist nicht gekommen, und ich sitze hier und friere!« Odefey strahlte auf, als er an seinen Abend dachte. »Ich hatte keine Zeit. Stell dir vor, ich hab mir eine Kamera gekauft! Ich war draußen, und bei Ambrosius, ich hab siebzig Fotos gemacht!«

Eine Weile blieb sie stumm, er hörte sie nur flach atmen, dann sagte sie schrill und giftig: »Ach, der Herr hatte keine Zeit! Ich liege hier krank im Bett, ich habe seit fünf Tagen nichts mehr von Gernot gehört, um mich kümmert sich überhaupt mal niemand – und du kaufst dir ne Kamera.« Odefey hielt den Hörer eine Armeslänge vom Ohr weg und konnte sie auch so gut verstehen. »Ich dachte, Gernot wohnt jetzt bei dir«, sagte er, um sich zu verteidigen, doch sie ließ den Einwand nicht gelten. »Was zwischen mir und Gernot läuft, hat doch nichts mit dir zu tun!« Odefey fiel nichts mehr ein.

»Also, das muß ich mir nicht gefallen lassen«, fuhr sie fort, und ihre Stimme kippte ins Schluchzen, »ich liege seit Stunden hier mit einem Brotbauch, weil ich nichts anderes essen konnte, weil ich für uns beide kochen wollte, aber du kommst nicht, weil du ja nie kommst!« Odefey fror, er wollte zurück ins Bett. »Was willst du denn jetzt?« fragte er ungeduldig.

»Was ist das auf einmal für ein Tonfall«, rief sie aufgebracht, »hör mal, ich kann mir die Kohlen auch von jemand anders holen lassen!« Da legte Odefey den Hörer auf und ging zurück ins Bett. Sie ließ das Telefon noch mehrmals schrillen, er zählte das Klingeln mit, beim siebzehnten Klingeln stand er auf und zog den Stecker heraus.

_19_

Odefey lief am nächsten Morgen, an allen Tagen in jenem Winter mit seiner Kamera in der Hand die Treppen hinunter, grüßte Herrn

Pilarski, der in den Mülltonnen herumstocherte, und verlor sich für Stunden in den Straßen und Gassen, in den Hinterhöfen und Treppenhäusern von Neukölln. Mit seiner Kamera schaute er in die Hausflure, fotografierte Gesimse, Erker und Balkone, die Haustüren, die Klingelbretter und Namensschilder, die Teppichstangen und Mülltonnen der Hinterhöfe. Er war wie in einem Fieber. Am liebsten hätte er jeden Hof fotografiert, jedes Treppenhaus, jede Wohnung. Doch oft waren die Haustüren verschlossen, und manchmal drohten die Mieter, die aus der Parterrewohnung kamen und ihn beim Fotografieren entdeckten, mit erhobener Faust. Odefey nickte ihnen beschwichtigend zu und schlüpfte in den nächsten Hof.

Was er eigentlich suchte, wußte er nicht. Er tastete sich allmählich vor. Keine Einzelheit war ihm zu gering, kein Detail belanglos. Er war verliebt in die Klingelbretter, die Türklinken, die Treppenpfosten, er fotografierte die graue Stille eines Hinterhofs am Vormittag. Er sah die Wäscheleinen vor den Fenstern, betrachtete mit seiner Kamera die Bäume im Hof, das Quadrat des Himmels.

Er brauchte lange, bis er es wagte, auch die Neuköllner zu fotografieren. Manchmal fand er einen Hausbewohner, der aufs Fensterbrett gestützt auf die Straße hinaussah und seinen Gedanken nachhing. Gelegentlich waren zwei Hausfrauen, die vom Einkauf kamen, so ins Gespräch vertieft, daß sie ihn nicht bemerkten. Und wenn sie das Klacken seiner Kamera hörten, wandten sie sich erstaunt um und winkten ihm geschmeichelt zu. Er stellte sich an sonnigen Tagen an den Ausgang der U-

Bahnhöfe, ins Gedränge der Geschäftsstraßen und fotografierte aus der Hüfte, auf gut Glück.

Vor dem Rathaus Neukölln saßen die Obdachlosen, als die Tage endlich wieder wärmer wurden. Sie hielten ihre Gesichter in die Sonne. Odefey setzte sich zu ihnen und spielte beiläufig mit der Kamera, traute sich aber nicht, sie zu fotografieren. Man übersah ihn. Das Gespräch drehte sich um die Schlafplätze, die sie jeden Abend suchten. »Ick schlafe nie am gleichen Platz«, erklärte einer mit listigem Blick. »Sonst kriegen meine Feinde raus, wo ick ma aufhalte. Nee, bleib ick lieba in Bewegung!«

Auch Odefey blieb in Bewegung. Er suchte das Gegenlicht auf den Schienen der S-Bahn und in den dürren Zweigen der Bäume in der Hasenheide. Er fotografierte auf dem Richardplatz die Gemüsehändler, die ihre Waren ausriefen und sich für ihn noch eigens in Positur stellten.

Abends ging er gern ins »Ambrosius«. Der Wirt nickte Odefey kurz zu, stellte ihm ein Bier hin, die Gäste kümmerten sich nicht um ihn. Manche schwiegen vor ihren Biergläsern den ganzen Abend lang. Die meisten aber wurden redselig und unternehmungslustig, wenn sie genug getrunken hatten. Am Freitag und Samstag nach dem Monatsersten war die Kneipe stets gerammelt voll. In einer dieser Nächte probierten drei Freunde, nachdem sie erfolglos versucht hatten, die Rinnsale von Tequila auf der Theke mit ihren Feuerzeugen zu entzünden, den gesamten Tresen in Richtung der Küche zu verrücken. Schulter an Schulter stemmten sie sich gegen den wuchtigen Aufbau, stöhnend wie die

Wolgaschiffer, während der Wirt von der anderen Seite dagegenhielt. Im Hinterzimmer sang man lauthals »Viva Colonia«, und einer dirigierte den Chor mit einer Klobürste.

_20_

Die Luft in den ersten Frühlingstagen wehte ungewohnt warm und hell durch Neukölln. Odefey hatte sich von der letzten monatlichen Überweisung seiner Mutter das nötige Zubehör zum Filmentwickeln gekauft und sich in der Küche eine Dunkelkammer eingerichtet. In endlosen Nächten probierte er aus, wie Entwickler, Unterbrecher und Fixierbad anzusetzen waren. Die gewässerten Bilder hängte er auf eine Wäscheleine vor seinen Kohleofen.

Die Fotos nahmen seine kleine Wohnung zunehmend in Besitz, sie hingen an der Wand, lagen auf dem Schreibtisch, auf dem Fußboden, auf Bücherstapeln, zwischen Brot und Marmelade. Neukölln wuchs ihm aus hunderterlei Einzelheiten in seinen vier Wänden zusammen. Am meisten liebte er die Bilder, die Neuköllner Gesichter zeigten.

Er pfiff auf dem Weg zum Supermarkt, wo er sich Milch holte. An der Kasse begegnete er Susanne, die hochmütig durch ihn hindurchsah. Offenbar war Gernot wieder zu ihr zurückgekehrt. Er dachte an seine Fotos zu Hause und schlenkerte die Einkaufstasche auf dem Weg zurück zur Fuldastraße. Als er auf den Hof kam, hörte er die festen Schläge der Hauswartsfrau, die zum ersten Mal seit dem Winter ihre Teppiche ausklopfte. Er blieb stehen und sah ihr bei der Arbeit zu. Sie hatte die Hausschuhe ausgezogen, ihre nackten Füße bewegten sich leicht und selbstverständlich. Auch den Kittel hatte sie abgelegt, darunter trug sie ein Hemd mit Paillettenaufsatz und gestreifte Leggings.

Die Arbeit schien ihr Freude zu machen, und Odefey bewunderte die Kraft ihrer Arme, die gezielten Schläge auf den Teppich, der, ihr hilflos ausgeliefert, auf der Stange hing. »Wenn Sie möchten, trage ich ihn gleich hoch«, sagte er. Frau Pilarski legte eine Pause ein, strich sich eine Haarsträhne aus dem Gesicht und wies auf den zweiten Teppich. »Den können Sie schon mal nehmen, Sie wissen ja, wo er hinkommt.« Odefey setzte seine Einkaufstasche ab, nahm den Teppich und brachte ihn in die Hauswartswohnung. Herr Pilarski war nicht zu Hause, die Wohnung roch angenehm frisch.

Als er den zweiten Teppich holte, kam die Hauswartsfrau ihm auf der Treppe entgegen, sie trug seine Tasche mit den Milchbeuteln. »Daß Sie die nicht vergessen«, sagte sie im Vorbeigehen, und er atmete ihren Frauenschweiß ein, der süßlich und selbstbewußt roch. Er sprang die Stufen hinunter und pfiff vergnügt.

Frau Pilarski kniete bereits im Wohnzimmer, als er wiederkam, und rollte den ersten Teppich aus. »Fassen Sie mal zu«, sagte sie, »der muß bis zur Anrichte reichen.« Sie zogen und rückten den Teppich zurecht, bis die Kante akkurat vor der Anrichte lag. Dann trat eine Stille ein.

Im Hinterhof war eine Amsel zu hören, ansonsten war es ruhig. Die Wohnungen der anderen Mieter schienen verlassen zu sein. Odefey fühlte sich allein mit der kleinen drallen Frau, die leise summte. Eine Unruhe flirrte in ihm, die ihn halb zum Treppenhaus und in seine Wohnung rief, halb zu ihr hin zog. Frau Pilarski stand auf und pustete sich eine Strähne aus der Stirn. »Ich hab noch Kaffee da, wenn Sie möchten«, sagte sie mit einem Nicken zur Küche hin und ging voraus. Odefey folgte ihr.

Ihm gefiel ihre kleine Küche, die von der Mittagssonne gewärmt war. Er setzte sich an den Küchentisch, auf dem seine Einkaufstasche stand, Frau Pilarski drehte das Radio an, und sie summten beide ein Lied von Bonnie Tyler mit. Als sie ihm den Kaffee einschenkte, stand sie nahe bei ihm. Ihr Arm berührte seine Schulter, und Odefey spürte die Wärme, die von ihr ausging.

»Darf ich hier rauchen?« fragte er.

»Hier darfst du alles«, erwiderte sie, lehnte sich mit ihrem Becher an die Spüle und schlürfte ihren Kaffee. Er rauchte hastig seine Zigarette und spürte ihre Blicke auf sich ruhen.

»Na, ich nehm mir auch mal eine«, sagte sie, beugte sich zum Küchentisch und langte nach seiner Packung. Ihr Ärmel rutschte hoch, und Odefey sah auf ihrem Oberarm einen tätowierten Panther, der im Sprung aufschnellte. Das Hautbild schien durch den Schweiß vom Teppichklopfen belebt, er konnte kaum den Blick davon wenden.

»Jefällt dir, wa?« fragte sie leise. Sie beugte sich zu ihm vor, um sich Feuer geben zu lassen. Odefeys Hand zitterte. Beim ersten Zug an ihrer Zigarette schmatzte sie leicht, was ihn wieder an ihre Lippen erinnerte.

»Wo haben Sie die machen lassen?« fragte er, um sein Herzklopfen zu übertönen.

»Bei Schulzke in der Karl-Marx-Straße«, sagte sie und strich zärtlich über den Pantherkopf. »Ich hab noch eine, willst du sie sehen?«

Odefey nickte, sein Blick folgte ihren Händen, die den Ausschnitt ihres Hemdes herunterzogen. Auf dem Ansatz ihrer kleinen Brust erschien ein Anker mit einer Girlande. Frau Pilarski hob ihre Brust ein wenig an, und der Anker wölbte sich hervor.

»Der ist wunderschön«, sagte Odefey beeindruckt.

»Kannst ihn ruhig mal anfassen.« Er berührte die schweißige Haut mit den Fingerkuppen, und Frau Pilarski atmete aus.

»Du kannst aber mit einer Frau umgehen«, sagte sie und senkte ihr Gesicht. Er kam ihr entgegen, seine Nase spielte an ihrem Haar, sein Mund suchte, sie legte ihr Gesicht leicht seitwärts, um den Moment dauern zu lassen, er hörte nur mehr ihren Atem. Seine Hand tastete über ihre Schulter, ihren Nacken, wo sie gefangen wurde von ihrer Hand und hinabgeführt zu ihrem Ausschnitt.

Odefey mußte sich vorbeugen und mit der anderen Hand abstützen, der Küchentisch knarrte auf, er stieß gegen die Einkaufstasche, die langsam umkippte, die Milchbeutel rutschten heraus und fielen zu Boden. Auf den Fliesen platzten sie auf.

Die weiße Gischt sprang bis zur Spüle, und Frau Pilarski zog ihre nackten Füße hoch. »Ach Jungchen«, sagte sie, »was machst du denn.«

_21_

Odefey traute sich in den nächsten Tagen kaum aus dem Haus, weil er fürchtete, der Hauswartsfrau zu begegnen. Nachts aber fand er keinen Schlaf, sondern war besessen von der Vorstellung, sie würde an seine Tür kommen, zaghaft und verlangend anklopfen und, wenn er öffnete, in einem rosafarbenen, durchsichtigen Nachthemd dastehen und ihm ungestüm in die Arme fallen, noch zwischen Tür und Angel würden sie sich heftig küssen, einander suchen und finden, und in ihrer wogenden Lust würde sie die ordinärsten Neuköllner Ausdrücke in sein Ohr flüstern.

Sie kam nicht. In der Wohnung unter ihm lärmten die beiden Männer. Odefey hörte am Samstag das Bett knarren, das betrunkene Grölen ging über in ein stoßweises Keuchen und endete in einem herausgepreßten Seufzen. Wenige Minuten darauf klappte die Tür, hastige Schritte entfernten sich im Treppenhaus, und über den Hof eilte mit gesenktem Kopf eine ärmlich gekleidete Frau.

Bald darauf pochte eine Faust an die Wohnungstüren unten, Odefey hörte kurze Wortwechsel, dann kamen Schritte näher, an die Tür der beiden Männer wurde mit dumpfen Schlägen geklopft. Unwillig brummend öffnete einer die Tür, verhandelte mit dem Besucher und hob gleich die Stimme: »Ne Nutte? Hier? Nee, Chef, det wüßt ick doch. Fragen Sie mal den Studenten oben.« Und die Schritte kamen hinauf zu Odefeys Wohnung, auch an seine Tür wurde mit fester Faust gehämmert. Er atmete durch und öffnete.

Herr Pilarski stand vor ihm, in Unterhemd und Jogginghose. Er rückte mit geübtem Griff seine schwere Brille zurecht und legte eine Hand auf den Türrahmen. Sein Gesicht war gerötet, vielleicht von der Anstrengung des Treppensteigens, vielleicht aus mühsam gebändigter Wut. »Hast du ne Frau herbestellt?« fragte er. Odefey verstand zunächst die Frage nicht. »Eine was?« fragte er und dachte an die geöffneten Lippen der Hauswartsfrau, zwischen denen ihre Zunge spielte.

Herr Pilarski ließ sich mit solchen Fragen nicht hinhalten. »Freundchen, dies ist ein anständiges Haus, wir dulden solche Sauereien nicht!« Odefey nickte, um zu zeigen, daß er verstanden hatte, vielleicht sogar seine Ansicht teilte, doch Herr Pilarski wußte nun offenbar genug und stemmte ihm eine Faust auf die Brust. »Wenn ich die noch einmal hier sehe, dann fliegst du raus, Sportsfreund.« Wieder rückte er die Brille zurecht, sah an Odefey vorbei in die Wohnung, als könnte er belastende Indizien feststellen, zerknülltes Bettzeug oder ein gebrauchtes Gummi auf dem Fußboden, dann drehte er sich ruckartig um und stieg die Treppen hinunter.

_22_

Der Hauswart überwachte den Hof nun genauer. Am Wochenende bezog er am offenen Küchenfenster seinen Posten, indem er morgens das Fensterbrett freiräumte, ein Kissen darauf legte und eine Flasche Schultheiss in Reichweite stellte. Dann stützte er die Ellenbogen auf das Kissen, zündete sich eine Zigarette an und rückte seine Brille zurecht.

Die Mieter gingen zum Einkauf und kamen zurück, Herr Pilarski beobachtete sie schweigend. Manchmal spielten die Kinder von Lindners im Hof. Das Mädchen schob ihren Puppenwagen in die sonnige Ecke und redete leise auf die Puppe ein, der Junge saß an die Mülltonnen gelehnt und blätterte in seinem Album mit Fußballklebebildern. Herr Pilarski trank sein Bier und beobachtete auch sie. Er sah, wer kam und wer ging. Odefey machte sich mit seiner Kamera auf einen Streifzug, er grüßte schüchtern zum Hauswart hinauf. Der sah ihn schweigend an und erwiderte seinen Gruß nicht.

Wenn seine Frau ihn zum Abendessen rief, ließ Herr Pilarski das Fenster geöffnet. Auch nachts sah Odefey ihn manchmal am Küchenfenster rauchen. Dennoch verpaßte er den Moment, als die beiden Männer im dritten Stock des Hinterhauses sich wieder eine Frau kommen ließen. Odefey hörte das verstohlene Trippeln ihrer Schuhe auf der Treppe, das vorsichtige Pochen und Türenschlagen, das übliche Knarren des Bettes, das schneller und schneller wurde, dann das langgezogene Aufstöhnen.

Nach einer Weile klappte unten die Tür. »Hau ab jetzt«, sagte einer der beiden, »und laß dich im Hof nicht erwischen.« Ihre Schritte entfernten sich zögernd. Eben ging Herr Pilarski über den Hof auf das Hinterhaus zu. Offenbar hatte er doch etwas bemerkt. Die Schritte der Frau kamen eilig zurück, sie rannte die Treppen hoch und klopfte bei den

Männern, während unten die schweren Tritte des Hauswarts zu hören waren. »Mensch hau ab, hab ich gesagt, is Feierabend jetzt«, rief der Mann hinter der Tür, und ihr Klopfen verstummte.

Wenig später klopfte es leise an Odefeys Tür. Er öffnete und ließ die Frau herein. Sie trug einen zerschlissenen Mantel, der für den Frühlingstag viel zu warm war, und schaute zu Boden. Odefey war überrascht, ihr Gesicht zu sehen, als er sie vorbeiließ in sein Zimmer und die Tür zumachte. Sie war dunkelhäutig. Er zeigte auf den Sessel am Fenster, doch sie schüttelte den Kopf, streifte ihre billigen hochhackigen Schuhe ab, hockte sich breitbeinig an die Wand, faltete die Hände und schien in einen Dämmerschlaf zu verfallen.

Wenig später trommelte die Faust des Hauswarts gegen die Tür. Odefey ließ ihn eine Weile klopfen, schloß die Zimmertür und öffnete die Wohnungstür, worauf Herr Pilarski gleich einen Fuß auf die Schwelle setzte. »Tag, Herr Pilarski«, sagte Odefey und blieb im Türrahmen stehen, »was kann ich für Sie tun?« Der Hauswart fand keine passende Erwiderung und war verärgert über den Widerstand, der ihm hier geleistet wurde. »Ick sage Ihnen det zum allerletzten Mal«, begann er und blickte an Odefey vorbei in die Wohnung, bei den Mietern unten klirrten die Flaschen, ein versoffenes Lachen flammte auf. Ehe er seinen Satz beenden konnte, rief es dringend durch den Hof: »Manfred, die Teppiche! Manfred! Wo bleibst du denn!«

Herr Pilarski drehte schwerfällig ab. Er blieb kurz am Treppenabsatz stehen und zeigte Odefey die geballte Faust: »Wir sprechen uns noch. Kannst dich drauf verlassen.« Dann polterte er mit trotzigen Schritten die Stufen hinunter, und Odefey konnte ihn gleich darauf die Teppiche in den Hof tragen sehen, wo Frau Pilarski schon mit dem Teppichklopfer bereitstand.

Die Frau saß weiterhin in der Hocke und hatte die Hände vor ihr Gesicht gelegt. Odefey bot ihr einen Tee an, doch sie wehrte ab. Dann glitt ihr Blick durch sein Zimmer, und sie wies auf das Radio, das eingestaubt in der Ecke stand. »BBC«, sagte sie. Odefey nickte: »Ja, BBC kriege ich rein.« Sie aber deutete auf sich selbst und wiederholte: »BBC!« Er verstand sie nicht und zuckte mit den Schultern.

»In Uganda my friends call me BBC«, sagte sie lebhaft, »because I talk so much, I talk all day long.« Ihr Lachen erstaunte ihn. Ihr Gesicht, das eben noch schlaff und demütig gewirkt hatte, strahlte auf, die Zähne blitzten weiß hervor, und sie warf vergnügt den Kopf zurück, als sie wiederholte: »BBC!«

Frau Pilarski klopfte die Teppiche in der Abenddämmerung aus, ihr Mann stand daneben und sicherte den Hof. Er spähte zu den Fenstern des Hinterhauses hinauf und schien zu überlegen, wie die Mieter ihn hinters Licht hatten führen können. Odefey stand oben an seinem Fenster und schaute hinunter auf den bulligen Körper des Hauswarts, der nach einer halben Stunde die eingerollten Läufer und Brücken mit sicherer Hand schulterte und ins Vorderhaus trug.

Dann lag der Hof in Stille. Pilarskis Küchenfenster blieb dunkel, sie rollten nun wohl die Teppiche aus oder saßen vor dem Fernseher. Odefey drehte sich zu der Frau um, die geduldig an der Zimmerwand hockte, und nickte ihr zu. Er brachte sie nach unten.

Sie gingen rasch und leise über den Hof, durch den Hausflur des Vorderhauses und hinaus auf die Sonnenallee. Dort schaute sie ihn noch einmal mit einem Lachen an und ging die Fuldastraße hinunter, mit wiegenden Hüften und erhobenem Kopf.

_23_

Der Himmel über Neukölln blieb gleich, auch wenn er täglich von der Helle zur Dunkelheit wechselte und allmählich wieder zur Helle hinüber. An frühen Morgen lag ein rötlicher Schleier über den Dächern, die Vögel schwiegen, und auf den Straßen war kaum jemand unterwegs. Die Neuköllner lagen in ihren Wohnungen und schliefen, ihre Körper hoben und senkten sich mit ihren Atemzügen. Odefey war froh, wenn er in diesen ersten Stunden des Tages auf den Straßen unterwegs war und niemandem begegnete. Ihm war leicht zumute, er öffnete sich dem Morgenlicht, wenn er Brandmauern fotografierte oder abgerissene Plakate. Er spürte die Enge nicht, die ihn bedrängte, wenn die Straßen belebt waren und er zwischen Leuten ging, die er nicht kannte, die er nicht ansah, vor denen er sich fürchtete, aus welchem Grund auch immer.

In diesen Stunden hob er seinen Blick, der sonst auf dem Straßenpflaster klebte, und sah an den Fassaden hinauf. Er traute sich in fremde Hinterhöfe hinein, hörte das Schnarchen eines Mannes im ersten Stock, das Bellen einiger Hunde in den Kolonien »Freie Stunde« und »Hand in Hand«. Den Zeitungsausträger, der mit einer quietschenden kleinen Karre von Haus zu Haus ging, sah er offen an und grüßte ihn, die vereinzelten Hundebesitzer, die mit ihren Tieren zum Morgengeschäft vor die Tür kamen, störten ihn nicht. Wenn gegen sechs Uhr die ersten Bäckereien, Zeitungsläden und Imbißstuben öffneten, kaufte er sich ein ofenwarmes Brötchen und trank einen Kaffee dazu. Die Neuköllner, die eben ihren Tag begannen, waren noch maulfaul und ließen ihn in Ruhe.

Gegen acht oder neun Uhr, die Straßen hatten sich längst gefüllt mit Leuten, die zur Arbeit gingen, zur Schule, ins Geschäft, ging er zurück in die Fuldastraße. Auf halber Treppe kniete Frau Celebi und wischte die Stufen. Odefey hätte gern ihre Hände fotografiert, die naß und aufgequollen aus dem Putzeimer kamen, doch sie schaute nicht auf, als er grüßte, sondern murmelte nur: »Muß, muß.« Er schloß seine Tür auf, legte die Filme zum abendlichen Entwickeln bereit, rauchte noch eine Zigarette und schlief ein.

_24_

In den Sommerwochen verstärkte der Hauswart seinen Druck auf Odefey. »Sagen Se mal, wie is det eigentlich mit der Miete?« fragte er, als sie sich Anfang August im Hausflur begegneten. Odefey hatte es eilig. »Keine Ahnung, so wie immer.«

Diese Auskunft schien dem Hauswart nicht zu genügen. »Ick habe gefragt, ob Sie die überwiesen haben«, sagte er und schaute Odefey mit kleinen Augen an, »andernfalls müßte ich Sie an die Luft setzen, aber ganz plötzlich.«

Odefey beruhigte ihn. »Selbstverständlich habe ich die Miete gezahlt, pünktlich an die Hausverwaltung überwiesen.« Herr Pilarski blieb zweifelnd im Hausflur stehen, während Odefey sich an ihm vorbeidrückte, um auf die Straße zu kommen.

Wenige Tage darauf klingelte bei Odefey das Telefon.

»Ja, wegen der Miete«, sagte eine barsche Männerstimme, als Odefey abnahm.

»Mit wem spreche ich denn?« wollte er wissen.

Der Hauswart atmete druckvoll aus. »Hier ist Pilarski, wollte wegen der Miete, ob die nun gezahlt ist, nachfragen!«

Odefey wunderte sich. »Was haben Sie denn damit zu tun?« Herr Pilarski legte auf.

Am nächsten Abend rief er wieder an. Odefey fuhr beim Klingeln des Telefons zusammen, dachte an Susanne und an seine Mutter, und als er abnahm, war für eine Weile nur das Schnaufen des Hauswarts zu hören. Odefey verstellte seine Stimme zu der einer alten, verwirrten Frau und fragte: »Ja, bitte?« Das Schnaufen erstarb, die Leitung wurde unterbrochen.

Wenig später klingelte es wieder. »Hier ist Pilarski wegen der ausstehenden Miete!« Seine Stimme schien jetzt von einem Schnaps befeuert zu sein, sie dröhnte Odefey so kräftig entgegen, daß der Hauswart auch vom Küchenfenster aus hätte hinüberbrüllen können. So sehr Odefey auch beteuerte, mit der Mietzahlung sei alles in bester Ordnung, Herr Pilarski glaubte ihm nicht. »Det hätte man mir doch mitgeteilt!« ereiferte er sich. Odefey versprach ihm, gleich am nächsten Morgen bei der Hausverwaltung nachzufragen, um die Sache zu klären, und der Hauswart gab für einige Wochen Ruhe.

Als der September kam, schrillte das Telefon wieder. Odefey hatte sich den Bankbeleg für die Abbuchung der Septembermiete zuschicken lassen und an die Wand gepinnt. Er ließ es zehnmal, zwanzigmal klingeln, ehe er abnahm.

Herr Pilarski schäumte bereits. »Wieso jehn Sie denn nicht ran?« rief er, »ick versuche seit Stunden, Sie zu erreichen, und ick habe wirklich Besseres zu tun, als Ihrer Miete nachzulaufen!«

»Ich bin grade erst nach Hause gekommen«, log Odefey.

»Machen Sie mir doch nichts vor, ick sehe doch Ihr Licht brennen!«

Odefey sah sich in die Verteidigung gedrängt. Doch seine Versicherung, die Mietzahlung sei wie sonst auch pünktlich erfolgt, erreichte zwar das Ohr des Hauswarts, doch der glaubte ihm nicht.

»Sie wolln mir wohl 'n Bären uffbinden!« Odefey sagte nichts mehr. Er lauschte dem keuchenden Atem am anderen Ende der Leitung und stellte sich vor, wie Herr Pilarski drüben im Vorderhaus auf seiner Couch saß und mit der Faust auf die Lehne schlug. »Ick hab die Faxen dicke«, drohte er, »mit Schmarotzern wie Ihnen werde ick ooch noch fertig!«

_25_

Odefeys Stellung im Haus wurde im Laufe des Spätsommers zunehmend heikel. Er vermutete, daß der Hauswart insgeheim gegen ihn arbeitete. Anders konnte er sich das Verhalten der übrigen Mieter nicht erklären, die ihm plötzlich schroff und ablehnend begegneten. Sie erwiderten seinen Gruß nicht mehr, wenn er im Treppenhaus an ihnen vorbeikam. Sie übersahen ihn, wenn er im Hinterhof seinen Müll entsorgte, überhörten seine Fragen, mit denen er ein kleines Gespräch beginnen wollte. Sie standen zu zweit im Hausflur, wenn er seinen Briefkasten aufschloß, und sprachen halblaut von säumigen Mietern, denen man die Hammelbeine langziehen müsse.

»Die leben wie die Maden im Speck, diese Studenten«, ereiferte sich Herr Löhmer aus dem Vorderhaus. »Det muß man sich nicht bieten lassen«, sagte sein Nachbar, Herr Steinicke, mit drohendem Unterton, »da muß man hart durchgreifen.«

Odefey holte seine Post heraus und warf die Reklamezettel in den Abfalleimer.

»Denen muß man mal ordentlich vor die Füße kacken«, fuhr Herr Löhmer fort, der frühmorgens und spätabends mit seinem Schäferhund unterwegs war, und sah an Odefey vorbei. »Die glauben, uns könnse verarschen, aber da hamse sich jeschnittn«, sagte Herr Steinicke und stemmte seine Arme in die Seiten.

Odefey überlegte kurz, ob er hinzutreten und die beiden Mieter aufklären sollte, daß seine Miete pünktlich bezahlt werde. Doch sein Gesicht war bereits von Schamesröte überzogen, und er wußte, er würde vor Aufregung stottern und nuscheln. Sie würden ihm nicht glauben, seine hingemurmelten Satzfetzen vielmehr als Ausreden und dreistes Leugnen deuten. Also schwieg er, senkte seinen Kopf, als suche er etwas auf dem Boden, und hörte im Hinausgehen: »... dem einfach mal die Fresse polieren, und fertig ist die Laube.«

Als er einige Tage darauf vom Einkaufen zurückkam, standen fünf Mieter vor dem Hauseingang und steckten die Köpfe zusammen. Keiner rückte zur Seite, als Odefey an ihnen vorbeiwollte. Herr Celebi spuckte seitlich aus und verfehlte Odefeys Schuhe nur knapp.

»Det sind ja Kosten, die auf unsereins abjewälzt werden«, erklärte einer mit vor Erregung fistelnder Stimme, und Herr Celebi, der offensichtlich froh war, einmal in die Runde der anständigen Mieter aufgenommen zu sein, nickte heftig.

»Dem müßte man mal derart eine knallen, det ihm die Filzstifte aus dem Ranzen rutschen«, schlug Herr Hähnig halblaut vor und erntete zustimmendes Gelächter. Odefey schlüpfte grußlos an ihnen vorbei.

Er rief bei der Hausverwaltung an, um sich zu

vergewissern, daß seine Mietzahlung eingegangen war. Damit weckte er allerdings den Verdacht der Sachbearbeiterin, die empört in den Hörer rief: »Ich kann mich doch nicht um jede einzelne Mietzahlung von Ihnen persönlich kümmern! Wenn Sie pünktlich zahlen, bekommen Sie auch keinen Ärger!«

Odefey wollte keinen Ärger, er entschuldigte sich für die Störung und wies darauf hin, daß er tatsächlich pünktlich gezahlt habe und nur sichergehen wolle, daß die Zahlung auch ordnungsgemäß angekommen sei. Daraufhin wurde der Tonfall der Sachbearbeiterin scharf.

»Erlauben Sie mal, Sie wollen hier doch nicht unterstellen, daß wir Zahlungen unterschlagen?« Odefey hörte das nervöse Knipsen eines Kugelschreibers, an dem sie ihre aufflammende Wut ausließ. Er widersprach hastig, behauptete das Gegenteil, haspelte eine Bitte um Entschuldigung und ahnte, daß sie einen Vermerk machte. Man werde ihm auf den Zahn fühlen, versprach sie spitz, und sich bei Unregelmäßigkeiten sofort melden, »noch ehe Sie papp sagen können.« Er bedankte sich noch, als sie längst aufgelegt hatte.

Odefey stellte sich ans Fenster und sah ratlos auf den Hinterhof. Gegenüber, im zweiten Stock, stand Herr Pilarski an seinem Küchenfenster, rauchte und schien zu ihm hinüberzublicken.

_26_

Nur Frau Lindner vom Vorderhaus parterre sprach noch mit ihm. Sie kam an einem Freitag im späten September hoch und klopfte an seine Tür, weil ihr das Geld für Zigaretten ausgegangen war.

»Können Sie mir mal aushelfen?« fragte sie, schwer atmend vom Treppensteigen, »kriegen Sie auch nächste Woche zurück!«

Odefey gab ihr einen Fünfer, worauf sie sich wortreich bedankte, als hätte sie nicht mehr damit gerechnet, an diesem Abend noch das nötige Zigarettengeld zusammenzukriegen.

»Kommen Sie doch mal zum Kaffee runter«, sagte sie, während ihre Hand sich um das Fünfmarkstück schloß. Odefey mied das Vorderhaus, weil er dem Hauswart nicht über den Weg laufen wollte, sagte nach kurzem Zögern aber zu, am nächsten Dienstag bei ihr zu klingeln.

Die Wärme des Spätsommers stand im Hinterhof, als er vier Tage später bei Lindners klingelte. Sie öffnete ihm in Korsett und BH, bat ihn herein und warf sich einen Haushaltskittel über.

»Schön heiß heute«, sagte sie, stellte ihm einen Becher Kaffee hin und setzte sich wieder in ihren Sessel. Odefey nahm auf dem Sofa Platz, neben ihm machten die beiden Kinder ihre Hausaufgaben am niedrigen Couchtisch.

»Benny und Jessica kennst du ja«, sagte Frau Lindner und nahm die Nähnadel auf. Sie flickte die Unterwäsche der Familie. Der Fernseher lief mit abgestelltem Ton. Frau Lindner bot ihm eine

Zigarette an, sie rauchten gemeinsam und schwiegen, dann beugte sie sich über ihre Flickarbeit und murmelte: »Wie kommen denn dauernd die Löcher hier rein, dem werd ich mal n Ventil in den Arsch schrauben!«

Jessica sah von ihrer Zahlenreihe auf, die sie fließend hingeschrieben hatte, und sagte leicht vorwurfsvoll: »Mama, benimm dich!«

Frau Lindner, die Nadel in der Hand, winkte ab: »Der junge Mann ist nicht so zimperlich.«

Jessica war es peinlich. »Trotzdem.«

Ihr Bruder arbeitete an einer geometrischen Zeichnung, die ihm zunehmend entglitt, er drückte den Bleistift stärker auf und warf das Lineal endlich entnervt auf den Tisch.

Frau Lindner wies auf ihre Tochter: »Die ist ne ganz Schlaue. Kann sich alles merken. Rechnet gerne. War bei mir nicht so, ick hab jede Klasse wiederholt. Bis zur vierten bin ick jekomm, det warn dann auch acht Jahre. Konnte mir einfach nichts merken! Verstanden hab ichs ja, aber am nächsten Tag war alles wieder weg. Vattern hat versucht, mir mit Schlägen uff de Sprünge zu helfen, hat aber nicht viel gebracht.«

Ihr Sohn sah zum Fernseher hin und sagte: »Warn vielleicht nich jenuch Schläge.«

Sie drohte ihm mit der Faust. »Werd nicht unverschämt, Freundchen!«

Jessica arbeitete mit hochrotem Kopf neben Odefey. Er staunte, wie rasch sie die Zahlenkolonnen herunterschrieb. »Denkst du überhaupt nach?« fragte er. »Nee, dis is ganz leicht«, sagte sie leise und senkte den Kopf tiefer über ihr Heft.

Benny spielte mit der Fernbedienung, und plötzlich ertönte das Knattern von Maschinengewehren. Er starrte gebannt auf den Bildschirm, der südamerikanische Rebellen im Dschungelkampf zeigte. Frau Lindner langte quer über den Tisch und gab ihm eine Backpfeife. »Der Ton bleibt aus, hab ich gesagt, wenn wir Besuch haben!«

Jessica griff nach seinem Lineal und strafte ihren Bruder mit gezielten Schlägen, bis Frau Lindner einschritt. »Jessy, du sollst ihn nicht immer auf den Kopf hauen, det habe ich dir tausendmal gesagt, det tut ihm nicht jut!« Die Kinder zankten insgeheim noch eine Weile weiter, traten einander unter dem Tisch, stießen dem anderen mit dem Ellenbogen in die Rippen, doch sie blieben still dabei.

Frau Lindner besann sich auf ihre Rolle als Gastgeberin und wandte sich Odefey zu. »Was ick Sie immer mal fragen wollte, was machen Sie eigentlich?«

Er lächelte unbestimmt. »Weiß nicht, ich schau mich um, eigentlich fotografiere ich am liebsten.«

Sie betrachtete ihn einen Moment lang. »Ach, so künstlerisch«, sagte sie und nickte mehrmals, als hätte sie Mitleid für die eigenartige Krankheit, die ihn befallen hatte. »Und damit kann man Geld verdienen?«

Odefey klang unsicher. »Vielleicht mal, ich fang ja grade erst an.«

Sie überlegte eine Weile, indem sie einen neuen Faden in die Öse führte. Dann hatte sie die Lösung gefunden. »Sie sollten Taxi fahren, da verdienen Sie wenigstens was. Mein Mann fährt seit Jahren Taxi, wenn er nicht trinkt jedenfalls. Mal trinkt er, dann trinkt er wieder gar nicht, das geht bei ihm immer so. Wenn er trinkt, fährt er nicht. Aber normalerweise trinkt er eigentlich nicht. Ich hab früher stramm getrunken, alles, Rum, Sliwowitz, Wodka. Als das erste Kind kam, hab ich aufgehört, aber eisern, keinen Topfen mehr angerührt, nie wieder.«

Sie schüttelte sich. Dann wandte sie sich wieder an ihn. »Also Taxi fahren. Sollten Sie machen. Machen doch alle Studenten.«

Odefey gefiel die Idee. »Würde ich gerne machen«, sagte er, »aber ich kenne mich in Berlin nicht so gut aus.«

Das ließ Frau Lindner nicht gelten. »Aber aber«, äffte sie ihn nach, »dann lernen Sie die Straßen eben auswendig, da setzen Sie sich auf den Hosenboden und kneifen den Arsch mal zusammen.«

Die Kinder neben ihm hatten sich beruhigt. Odefey schaute Jessica zu, die in ihr Deutschheft schrieb. »Was willst du denn mal machen?« fragte er, um das Gespräch von sich abzulenken. Sie überlegte nicht lange. »Ärztin«, sagte sie kaum hörbar. Doch ihre Mutter hatte scharfe Ohren. »Na, da werden sie schon auf dich warten, Frollein«, sagte sie. »Du kannst froh sein, wenn du bei Karstadt Strümpfe verkaufen kannst.« Jessica antwortete nichts darauf, und Odefey bereute, daß er die Frage gestellt hatte.

Er verabschiedete sich, Frau Lindner brachte ihn noch zur Tür. Sie versprach ihm, die fünf Mark nächstens vorbeizubringen, aber Odefey winkte ab. »Nächstes Mal können Sie ja ein Foto von uns machen«, sagte sie zwischen Tür und Angel.

In diesem Moment kam Frau Pilarski ins Haus, sie trug schwer an zwei Einkaufstaschen, musterte die beiden Nachbarn mit einem Blick aus den Augenwinkeln und stellte die Taschen am Treppenabsatz ab. »Soll ich sie Ihnen schnell hochtragen?« fragte Odefey aus alter Gewohnheit. Sie tat, als hätte sie ihn nicht gehört.

_27_

Der November kam, es wurde kühl. Eine graue, mißmutige Stimmung legte sich auf die Neuköllner Straßen. Odefey verbrachte Stunden im Waschsalon in der Sonnenallee und wußte nicht weiter. Er starrte trübsinnig durch die beschlagenen Scheiben, sah Passanten draußen vorbeilaufen, die Schultern hochgezogen, Hände in den Hosentaschen, ein nasser Wind trieb ihnen entgegen. Er wollte nicht zurück in seine Wohnung.

Die letzten beiden Monate hatte er leichtsinnig hingelebt, war dauernd unterwegs gewesen und hatte fotografiert, nachts die Filme entwickelt, am nächsten Morgen neue Filme gekauft, Entwickler, Fotopapier, war wieder losgezogen, hatte Geld ausgegeben für Kaffee und Kuchen, fast jeden Abend in der kleinen Pizzeria am Ende der Fuldastraße gegessen. Nun war ihm das Geld ausgegangen, sein schmaler Bankkredit erschöpft. Seine Mutter weigerte sich, ihm zusätzliches Geld zu überweisen; sonst kannte er niemanden, der ihm etwas hätte leihen können. So hatte er nichts, um die Novembermiete zu bezahlen.

Es würde nicht lange dauern, bis die Hausverwaltung sich bei ihm meldete, bis Herr Pilarski an seine Tür klopfte, und diesmal konnte er nicht darauf verweisen, daß er seinen Verpflichtungen nachgekommen war. Er lag einige Nächte in seiner kalten Wohnung wach und stellte sich vor, daß die Mieter ihn im Hausflur stellten, angeführt vom Hauswart, der ihn am Schlafittchen festhielt, andere hatten ihre Hände auf seine Schultern gelegt, ihre aufgebrachten Stimmen rochen nach Bier und Korn, und daß sie Rechenschaft von ihm verlangten, eine sofortige Zahlung seiner Mietschulden, zumindest eine angemessene Ratenzahlung, andernfalls sie den Gerichtsvollzieher schicken oder persönlich in seiner Wohnung nach Wertgegenständen schauen müßten.

Er lebte jetzt von Tee, Zigaretten, Weißbrot und Käse, trank abends zwei Dosen Bier. Für Kohlen hatte er kein Geld übrig, und der Winter versprach wieder kalt zu werden. Auf dem Tisch, auf dem Fußboden lagen Hunderte, Aberhunderte Fotos, sorgfältig gestapelt: Neuköllner Gestalten und Gesichter, Fassaden, Garagentore und Hinterhöfe, Treppenaufgänge und Remisen, Bürgersteige, Kreuzungen, Verkäuferinnen, Kohlenträger, Schornsteinfeger, Biertrinker, Kinder mit Murmeln am Bordstein. Ein Sonnenaufgang am Teltowkanal, die vergilbten Gardinen in der »Traube«, der Pflaster-Verkäufer vor der Hauptpost.

Ein Regenschauer fuhr gegen die Scheibe des Waschsalons. Odefey fühlte sich wund. Er war allein im Salon, bis auf eine junge Frau in einem Salz-und-Pfeffer-Mantel, die vor wenigen Minuten hereingekommen war, zwei Maschinen mit ihrer Wäsche gefüllt hatte und nun mit ihrem Walkman in der anderen Ecke saß, mit den Füßen wippte und an ihren Fingernägeln knabberte. Sie hatte dunkle Locken, eine kleine Nase, und sie zeigte ein schüchternes Lächeln, als sie merkte, daß er sie betrachtete. Er lächelte seinerseits und nahm eine Zeitung, die ein Kunde dagelassen hatte, blätterte ratlos darin, überflog die Stellenanzeigen, die Polizeimeldungen, den Sportteil. Seine Wäsche lag im Trockner, der längst zur Ruhe gekommen war, und wartete auf ihn. Draußen wartete der Novemberregen, in der Fuldastraße Herr Pilarski. Odefey rührte sich nicht von der Stelle. Er hatte Hunger.

Je länger er in der Zeitung blätterte, desto hungriger wurde er. Die Frau in der anderen Ecke des Waschsalons holte ein Brötchen heraus. Odefey starrte angestrengt auf die Fotos, die ihm plötzlich albern und amateurhaft vorkamen. Das kann ich auch, dachte er, und die werden dafür bezahlt. Er rauchte seine vorletzte Zigarette und dachte an die zahllosen Fotos in seiner Wohnung. Wenn ich nur zwei oder drei von denen verkaufen könnte. Er suchte die Adresse der Zeitung heraus.

Am gleichen Nachmittag noch fuhr er mit einem Stapel seiner Bilder zum Büro des »Neuköllner Wochenblatts«. Die Redakteure hielten eben eine längere Kaffeepause am großen Konferenztisch. Odefey trat schüchtern hinzu und legte seine Fotos auf den Tisch. Sein Magen knurrte. Die Redakteure warfen einen beiläufigen Blick darauf. »Gar nicht mal so schlecht«, sagte einer. »Wo hast du die gemacht?« fragte ein anderer. »Hier in Neukölln«, sagte Odefey und wurde rot. Man beugte sich wieder über die Bilder.

»Den Kohlenträger kauf ich dir ab«, hieß es nach einer halben Stunde, »die Biertrinker auch und diesen üblen Hinterhof.« Sie fragten nach seiner Bankverbindung, um ihm das Geld für die Fotos zu überweisen. Odefey räusperte sich und scharrte verlegen mit dem Fuß. »Ich hätte es gern bar auf die Hand«, sagte er, »ich hab Hunger.«

_28_

Stolz kam Odefey in die Sonnenallee zurück, in seiner Tasche knisterten die Geldscheine, und zur Feier des Tages wollte er sich ein richtiges Essen leisten. Am frühen Abend saßen nur wenige Leute im »Ambrosius«. Odefey ging zu einem der hinteren Tische und wollte sich eben niederlassen, als vom Tresen her jemand rief: »Sag mal, kennste mich nich mehr?«

Der Mann, halb zu Odefey gewandt, trug einen Cowboyhut und eine Fransenweste. Er saß breit auf einem Hocker und hatte einen Becher Kaffee vor sich. Erst am Schnauzbart erkannte Odefey seinen Nachbarn vom Vorderhaus parterre.

Herr Lindner streckte ihm eine große Hand hin. »Kannst ja wenigstens Juten Tach sagen. Jehört sich so.« Odefey nahm die ausgestreckte Hand und setzte sich neben Herrn Lindner, der gleich einen Kaffee beim Wirt bestellte. »Mach ich, Ranger«, sagte der, trocknete sich die Hände ab und nickte nun auch Odefey zu. Über Eck saß ein älterer Mann vor einem halbleeren Glas Bier und suchte mit der Zigarette seinen Mund. Odefey schaute auf die Tafel mit den angebotenen Speisen, seine Knie zitterten vor Hunger, doch er blieb neben Herrn Lindner sitzen.

»Hab von meiner Madame jehört, du willst Taxe fahren«, sagte Herr Lindner. Odefey erzählte ihm von seinen finanziellen Engpässen. »Det kenn wa doch alle«, sagte sein Nachbar. »Ick hab ma überlegt. Was du brauchst, ist 'n P-Schein, Personenbeförderungsschein. Da mußte 'ne Prüfung für ablegen, also lernen, lernen, lernen. Straßen, die schnellsten Verbindungen, Sehenswürdigkeiten. Is aber kein Ding. In zwei Monaten haste das drauf. Und Fahrer werden immer gesucht, vor allem Studenten, da ist der Mischnik, für den ick fahre, ganz versessen drauf.«

Er nahm einen Schluck Kaffee, schaute zur Tür und tippte kurz an seinen Hut. Ein Mann in Anorak und Ledermütze war hereingekommen. »Tach, Ranger«, sagte er, zeigte dem Wirt einen erhobenen Zeigefinger und setzte sich an einen freien Tisch. »Erwin, haste noch die Sülze?«

»Biste doch, Student?« fragte Herr Lindner. Odefey nickte zögernd und erzählte von seinem Studium, das nicht so recht vorankam, und vom Fotografieren, das ihn nun mehr interessierte. »Na, wat is dit denn für ne Wirtschaft«, sagte sein Nachbar mit einem langen Kopfschütteln. »Ihr Piepels wollt alle auf Künstler machen, det is doch Quatsch. Fährste Taxe, haste was. Kommt Geld rin. Die zu Hause sperren doch den Schnabel auf! Naja, nich bei dir, aber det kommt noch.«

»Ja, genau«, antwortete der Biertrinker über Eck und nickte heftig. »Da haste unjeahnte Möglichkeiten, da fährste von hier nach da und wieder zurück, immer an der Wand lang, kannste machen, waste willst, is allet beschissen, und wenn de saufen tust so wie icke, wird det allet noch schlimmer, weeß ick doch, sag ick doch, aber det is in mir, det is der große Durst, und wenn de nich saufen tust, denn fährste Taxe, immer an der Wand lang.« Er machte eine weitläufige Handbewegung.

Herr Lindner schaute den Mann ruhig an. »Is jut, Norbert, is jut jetzt.« Zu Odefey gewandt: »Det is auch Kunst, wenn du die Miete aufbringst jeden Monat. Und wenn nich, denn haste Ärger am Hals, das geht aber sehr schnell bei uns im Hause, da kommt der Pilarski gleich angeschissen. Nee, Mensch, allein die Miete, und das fährste doch auf halber Arschbacke ein.« Der Biertrinker stimmte zu. Er hatte die Zigarette mittlerweile zwischen den Lippen, doch das Streichholz, das er mit fahriger Hand über die Reibefläche führte, zündete nicht. »Hör auf den Ranger, der rangiert det schon, der bringt dich mit seine Droschke, wohin de willst, ob de willst oder nicht, selbst nach Helmstedt!«

_29_

Es war ein normaler Freitagabend. Odefey hatte das Küchenfenster mit einem schwarzen Tuch abgeklebt, den Entwickler und das Fixierbad angesetzt, die drei Filme der letzten Woche bereitgelegt und das Licht ausgeschaltet. Drüben im Zimmer lief die Platte von Tom Waits, die er seit Wochen hörte.

Er stand in der kalten Finsternis der Küche, die nur spärlich von der Dunkelkammerleuchte erhellt wurde, legte das erste Negativ ins Vergrößerungsglas und bestimmte den Vergrößerungsausschnitt. Er war müde, das Entwickeln war ihm lästig, doch sonst blieben die Filme liegen, und er hatte am nächsten Freitag noch mehr Arbeit, und vielleicht fand sich ein Bild, das er der Zeitung anbieten konnte.

Er nahm das großformatige Fotopapier und legte es in den Vergrößerungsrahmen, ließ es kurz belichten und in die Schale mit dem scharf riechenden Entwickler gleiten, schaukelte die Flüssigkeit hin und her, bis die ersten Umrisse auftauchten, eine Menschenmenge an der Bushaltestelle. Nichts Besonderes.

Auch die nächsten Bilder versprachen wenig, er hatte hastig fotografiert, Neuköllner geraten leicht in Wut, wenn sie sich beobachtet fühlen. Odefey arbeitete mit raschen Handgriffen, hörte mit halbem Ohr Tom Waits singen und hatte Hunger.

Im dritten Film tauchte wieder die Bushaltestelle auf, der 44er an der Erkstraße, mißmutige Neuköllner beim Warten, einer aß eine Currywurst, die Sauce tropfte ihm vom Kinn. Er erinnerte sich, daß er in die Menge hineingeschlüpft war, als der Bus sich näherte, er wollte den Fahrer an seinem Steuer erwischen, den Blick auf die Fahrgäste, die hineindrängten.

Vor kurzem war es den Busfahrern untersagt worden, die Fahrausweise der Fahrgäste zu kontrollieren, was für Unmut bei den Fahrern gesorgt hatte. Sie hielten nun alle für Schwarzfahrer, von den Rentnerinnen abgesehen, die aus altem Gehorsam ihre Ausweise hochhielten.

Allmählich wurde das Bild im Entwickler lebendig. Der Busfahrer war kaum zu erkennen, die meisten Gesichter verwaschen, nur eine junge Frau war scharf getroffen, sie stieg mit einer Geige in den Bus und drehte ihr Gesicht halb nach draußen, die dunklen Haare fielen ihr über Stirn und Schläfe, einige Haarsträhnen wehten über ihre halbgeöffneten Lippen. Aus den Augenwinkeln schien sie Odefey anzusehen, und sie lächelte.

Er bewegte die Schale mit der Entwicklerflüssigkeit minutenlang hin und her, sie sah aus dem Bad zu ihm auf. Sie trug den Salz-und-Pfeffer-Mantel, den sie auch im Waschsalon getragen hatte, und sie lächelte ihm zu. Er ließ das Papier ins Stoppbad gleiten, holte es heraus und gab es ins Fixierbad, hielt es unter den laufenden Wasserhahn und merkte, daß er selbst lächelte.

_30_

In den nächsten Tagen trieb sich Odefey an der Bushaltestelle Erkstraße herum. Er redete sich ein, daß er nicht nach ihr suchte. Aber er hätte sie gern wiedergesehen.

Ihr Bild hing an seiner Zimmertür, daneben hatte er, um sich selbst zu beschwichtigen, Porträts der anderen Passanten gehängt. Er schaute die Frau gelegentlich an, wenn er das Berliner Straßenverzeichnis, die Sehenswürdigkeiten, die kürzesten Verbindungen der Hauptstraßen auswendig lernte, und jedes Mal warf sie ihm diesen hellen Blick zurück, der gedankenverloren und herausfordernd wirkte. Was bist 'n du für einer, schien sie zu fragen, und Odefey hätte ihr gern die gleiche Frage gestellt. Wenn sein Kopf vor Straßennamen schwirrte, nahm er seine Kamera und ging hinaus, lief bis zur Bushaltestelle, wartete eine Weile, wanderte durch einige Seitenstraßen und kam zurück zur Bushaltestelle, vor der stets eine Traube von Passanten wartete. Doch die junge Frau mit dem Lächeln entdeckte er nicht.

Zwei Wochen darauf, der erste Schneematsch lag auf den Neuköllner Gehsteigen, geriet er am U-Bahnhof Rathaus Neukölln in eine Fahrscheinkontrolle. Die uniformierten Kontrolleure der BVG hatten die U-Bahn-Station strategisch besetzt. Jeweils drei von ihnen sicherten den hinteren und den vorderen Ausgang. Auf dem Bahnsteig standen die restlichen Kontrolleure in losen Gruppen und unterhielten sich. Ihnen war nicht anzusehen, ob sie die aussteigenden Fahrgäste des Zuges vom

Hermannplatz stellen oder in den Zug des gegenüberliegenden Gleises einsteigen und die dortigen Fahrgäste während der Weiterfahrt überprüfen würden. Odefey kaufte sich unwillig eine Fahrkarte und erinnerte sich an den hingeworfenen Nebensatz eines Redakteurs vom Wochenblatt, das Porträt eines BVG-Kontrolleurs würden sie jederzeit ankaufen.

Er holte unauffällig seine Kamera heraus. Das Neonlicht der Station würde nicht reichen, er schraubte das Blitzgerät auf und band seine Schnürsenkel fest. Er rechnete mit einer lähmenden Schrecksekunde, wenn er einen Kontrolleur frontal erwischt hätte. Doch danach würden sie ihn jagen. BVG-Kontrolleure waren nicht für ihren Humor berühmt. Odefey wartete deshalb auf die Ankunft des nächsten Zuges, vielleicht konnte er nach getaner Arbeit in einem Pulk untertauchen oder mit anderen flüchtigen Fahrgästen die Riege der Bewacher am Ausgang durchbrechen.

Der Zug vom Hermannplatz fuhr ein, die Gruppen der Beamten lösten sich auf, jeder von ihnen ging auf eine U-Bahn-Tür zu. Die meisten der aussteigenden Neuköllner liefen ihnen nichtsahnend in die Arme. »Zeigen Sie mal bitte Ihren Fahrausweis!« Der barsche Tonfall sollte etwaige Schwarzfahrer einschüchtern, doch nicht immer gelang diese Taktik. Auch jetzt kam es, am letzten Wagen, zu einem Gerangel. Die Kontrolleure liefen ihren Kollegen zu Hilfe, die zwei Studenten festhielten und auf den Boden zwingen wollten, da die beiden sich wütend wehrten, an den blauen Uniformjacken rissen und politische Parolen schrien.

Hinter ihnen stieg die Frau mit dem Geigenkasten aus, ihr Salz-und-Pfeffer-Mantel wehte auf, als der Zug aus Rudow einfuhr. Sie sah Odefey nicht und bemerkte auch den älteren Kontrolleur nicht, der sich aus dem Ringkampf mit den Studenten herausgelöst hatte und ihr nun eine schwere Hand auf die Schulter legte. »Momentchen mal, Frollein, den Fahrausweis bitte!«

Odefey zuckte zusammen. Die Stimme kannte er aus seinem Hinterhof, aus dem Treppenhaus, vom Küchenfenster gegenüber, es war die Stimme des Hauswarts. Er entsicherte seine Kamera und lief dem Paar nach, das kurz vor dem Ausgang stehengeblieben war. Die Frau kramte in ihren Manteltaschen nach dem Fahrschein oder nach ihrem Ausweis, Herr Pilarski zückte bereits den Dienstblock, mit einer Hand hielt er sie nach wie vor an der Schulter fest.

Odefey stolperte ohne weitere Überlegung auf Herrn Pilarski zu, rief ihn mit Namen an: »Herr Pilarski! Was machen Sie denn hier!« Als der Hauswart in der BVG-Uniform sich mißtrauisch und schwerfällig umdrehte und seinen Mieter vom Hinterhaus vierter Stock erkannte, flammte schon der Blitz auf, und die Blende schnappte zu. Die junge Frau verstand sofort, sie streifte die erstarrte Hand des Kontrolleurs ab, warf Odefey eine hastige Kußhand zu und verschwand auf der Treppe zum Ausgang.

Herr Pilarski wandte sich dem Fotografen zu, sein Gesicht war unterdessen rot angelaufen. »Was fällt Ihnen ein!« bellte er los, als aus den Lautsprechern das Kommando des Zugabfertigers dröhnte: »Nach Rudow zurückbleiben bitte!«

Odefey sprang in den Zug, als die Türen sich eben schlossen, und streichelte seine Kamera. Herr Pilarski aber blieb draußen stehen und drohte ihm mit erhobener Faust, als der Zug abfuhr.

_31_

Odefey erwartete einen raschen Gegenschlag von seiten des Hauswarts, doch Herr Pilarski schwieg. Er ließ sich kaum blicken, stand nur selten am Küchenfenster und überprüfte nicht mehr die Füllung der Mülltonnen. Auch die fristgerechte Überweisung der Monatsmiete schien ihn nicht weiter zu interessieren.

Odefey war es recht. Er lernte für den P-Schein, indem er Straßenverbindungen auf die weißen Wände seines Zimmers zeichnete. Manchmal saß er bei Lindners im Vorderhaus parterre und wurde von Herrn Lindner abgefragt, während der Fernseher lief und die Kinder sich auf dem Fußboden balgten. Frau Lindner versorgte ihn mit starkem Kaffee, der ihn die ganze Nacht wach hielt und Straßennamen wiederholen ließ. Frühmorgens lief er hinaus in die Winterkälte und fotografierte Kohlenträger, die mit gebeugtem Rücken ihre Tragen vom Laster in die Hinterhöfe brachten, die Briketts in den Kellern ausschütteten oder hinauf in den vierten Stock brachten. Mittags saßen sie bei »Ambrosius« und tranken.

Odefey fotografierte die jungen Mütter, die einen Kinderwagen über die Sonnenallee schoben.

Sie sahen ihn mit dunklem Trotz an und beeilten sich, nach Hause zu kommen, das Kleine hatte bald wieder Hunger. Er fotografierte Brandmauern und Kellertüren, die Kritzeleien der Jugendlichen an den Hauswänden, die Bierdosen der Trinker vor dem Rathaus Neukölln, die Schachspieler auf dem Richardplatz. Er wartete an der Bushaltestelle Karl-Marx-Straße auf die Frau mit dem Geigenkasten, doch er sah sie nicht wieder.

Wenige Tage darauf fuhr er zur Zeitung und bot den Redakteuren sein Porträt des BVG-Kontrolleurs an. Man klopfte ihm anerkennend auf die Schulter: »Ein neuer Weegee!«

Eine fleischige Hand griff schräg zum Betrachter hin, die andere lag noch auf der Schulter der jungen Frau, dazwischen das überraschte Gesicht des Kontrolleurs, der seinen Schreck über das unverhoffte Blitzlicht unmittelbar in Angriffslust verwandelt hatte. Die Augen zusammengekniffen, der Mund verzerrt zu einem Fluch, so sprang der Mann dem Betrachter entgegen.

»Ein Neuköllner in Not«, sagte ein Kollege. Odefey war besonders stolz auf das Neonlicht, das hinter dem Schädel des Kontrolleurs aufflammte und ihn zu einer überzeitlichen Erscheinung werden ließ.

Er handelte ein Honorar aus, das einer Monatsmiete entsprach, und brachte das Geld sofort zur Bank. Auf dem Rückweg kaufte er eine Flasche Cinzano und stellte sie Herrn Pilarski vor die Wohnungstür.

_32_

Sie begegneten sich an dem Tag, an dem die ersten Schneeflocken zögernd fielen. Odefey sah sie schon von weitem, sie kam ihm am Landwehrkanal entgegen, ohne ihn zu sehen, ihre Hände in den Manteltaschen vergraben. Er nickte ihr einen Gruß zu, als sie nur noch wenige Schritte entfernt war, und wollte weitergehen, um sein verlegenes Lächeln zu verbergen. Doch die Frau blieb vor ihm stehen und schaute ihn unter ihrer Mütze hervor an.

»Ich wollte mich noch bedanken wegen der U-Bahn neulich«, sagte sie und wirkte so schüchtern, daß es ihn anrührte.

»Ja, klar«, erwiderte er und wußte nicht, was er weiter sagen konnte. Die Schneeflocken wirbelten zwischen ihnen. Sie schaute auf seine rotgefrorenen Hände, die er unruhig aneinander rieb.

Er zögerte. Sein Mund war trocken, seine Knie zitterten, und er dachte an das Bild von ihr, das mittlerweile über seinem Bett hing, gleich neben der Zeichnung des Kurfürstendamms mit allen Nebenstraßen.

Sie sah anders aus, da sie nun vor ihm stand, ernsthafter und kleiner. Er würde sie nicht wiedersehen, fürchtete er plötzlich, wenn er nichts sagte. In seinem Kopf wirbelten Worte, die sich nicht zu verständlichen Sätzen verbanden.

Sie holte eine Blechdose aus ihrer Manteltasche, entnahm ihr eine selbstgedrehte Zigarette und zündete sie unter ihrer schützenden Hand an, seelenruhig, als hätte er eben ein philosophisches Problem aufgeworfen, über das sich nachzudenken lohnte. Odefey wußte, daß seine Hände allzu unruhig wären, wenn er sich jetzt eine Zigarette anzündete, er sah über den Landwehrkanal hinweg, über den die Schneeflocken tanzten. Er hätte gern etwas Kluges, Überraschendes gesagt, was ihr noch kein Mann gesagt hatte, und brachte schließlich mit kratziger Stimme hervor: »Wir können ja mal einen Kaffee trinken gehn.«

Sie ließ sich Zeit mit ihrer Antwort, zog an der Zigarette und blies den Rauch in die Luft, so daß er annahm, seine Frage wäre nicht zu ihr durchgedrungen. Sie zu wiederholen, überstieg jedoch seine Möglichkeiten. »Schon«, sagte sie schließlich, »aber hier gibt's ja nirgends was.« Odefeys Herz tat einen Sprung. Das ging ihm zu schnell, er wußte nicht einmal, ob er genug Geld dabeihatte, um sie einzuladen. Vielleicht aber wollte sie von ihm auch nicht eingeladen werden, weil sie glaubte, er wolle sich damit irgendein Vorrecht verschaffen. Sie jedoch zu fragen, ob sie lieber für sich selbst zahlen wollte, schien ihm auch nicht angemessen. Es konnte nur in einer peinlichen und unwiderruflichen Katastrophe enden.

Er atmete durch, als ihm einfiel, daß es in ganz Neukölln tatsächlich kein Café gab, in das er mit ihr hätte gehen können. »Ja stimmt«, murmelte er und hob bedauernd die Schultern, »na dann ...«

Sie trat ihre Zigarette aus und wies über den Kanal hinweg auf die Kreuzberger Seite. »Da kann man hingehn, ist nicht weit.« Odefey kannte sich in Kreuzberg nicht aus, nickte aber zustimmend und hielt sich an ihrer Seite, als sie die Thielenbrükke überschritten.

33

Als Odefey zwei Stunden später über die Thielenbrücke zurückkam, waren die Neuköllner Straßen verändert. Das Licht wirkte milder, die Gesichter der Leute, die ihm auf der Pannierstraße begegneten, waren weniger frostig, und die Schlagermusik, die aus einem Küchenfenster drang, hatte einen fröhlichen Schwung.

Er war durcheinander. Seine Schritte waren beschwingt, er lief zur Weserstraße, bog dann in die Tellstraße ab und lächelte einem kläffenden Dackel zu, der aufgeregt und kurzatmig sein Gebiet vor einem Hauseingang verteidigte.

Innerlich aber ging Odefey durch die letzten beiden Stunden mit Meentje. Sie hatten einander ihre Namen genannt, als sie sich verabschiedeten.

»Wie heißt du eigentlich?« fragte sie, als sie das Café am Spreewaldplatz verließen.

»Hans«, sagte er.

»Ich bin Meentje«, antwortete sie, und sie gaben sich kurz die Hand. Sie wollte zur U-Bahn, blieb aber noch einmal stehen und wandte sich zu ihm, der ihr nachsah, und sagte: »Übrigens, tolle Frisur.«

Jetzt kam er in die Werrastraße, blieb vor dem »Salon Renate« stehen und betrachtete in den Schaufensterscheiben seine Haare. Er hatte sie seit Wochen kaum gekämmt, seit Monaten nicht schneiden lassen. In Neukölln fiel das nicht auf. Er haßte es, eine halbe Stunde im Frisiersessel zu sitzen und sich im Spiegel zu betrachten. Er haßte es, eine halbe Stunde schweigend die Nähe einer fremden Frau auszuhalten, mit der er nie ins Gespräch fand, was jede Friseuse erbitterte und gegen ihn einnahm. Es haßte es, dafür noch Geld auszugeben. Doch jetzt fuhr er sich entgeistert durch die strähnigen, teilweise verklebten Haare, dachte an Meentjes spöttischen Blick und betrat den Laden.

Zwei Frauen erwarteten ihn, er war der einzige Kunde. Die eine zog sich mit einem Becher Kaffee hinter die Kasse zurück. »Frau Gerlach, machst du das bitte?« Die andere Frau erhob sich seufzend aus einem Frisiersessel und bot ihren Platz Odefey an. »Ach, ich und meine vermurksten Füße«, sagte sie.

Ihr Lächeln wirkte verkrampft, als sie seine Haare betrachtete. »Wie hätten wir es denn gern?« fragte sie ratlos und kämmte probehalber einige Schneisen hinein.

»Bißchen kürzer, bißchen hübscher«, sagte er leichthin, da er ihrer langjährigen Erfahrung vertraute.

»Naja«, sagte Frau Gerlach, »erstmal waschen, dann sehen wir weiter.« Odefey legte seinen Kopf zurück in die Waschschüssel und schloß die Augen. Die Friseuse walkte sein Haar mit spitzen Fingern durch, während sie das Gespräch mit ihrer Kollegin fortsetzte.

»Jeden Abend, wenn ich einschlafen will, gluckst und gluckert er, egal was ich gegessen habe.«

»Du meinst, er kollert?« fragte die andere nach.

»Kann man so sagen.«

»Du mußt zum Arzt, mal nachschauen lassen.«

»Hör mir auf, das ist nichts für mich, tut ja nichts weh, ist nur so.«

Sie hob Odefeys Kopf aus der Schüssel und umwickelte ihn mit einem Handtuch.

»Schöne Brühe. Aber nachts, da werd ich wach, dann gluckert es wieder, und draußen brüllt irgendwo ein Gör, wieso nimmt das niemand hoch, denk ich, Irmchen hat auch so geschrien, als sie ganz klein war, da wohnten wir noch drüben in der Schudomastraße, dritter Stock, war ’ne Strapaze in der Schwangerschaft, die Treppen hochzukommen. War ich froh, als das Kindchen da war, und dann fängt sie an zu brüllen, Magenkolik. Über Monate ging das, wir haben sie durch die Wohnung getragen, eine halbe Stunde, ganze Stunde, bis die Krämpfe weniger wurden und sie wieder einschlief. Rudolf sah aus wie Braunbier mit Spucke, hat auf dem Bau gearbeitet damals, der brauchte seinen Schlaf. Nachmittags, wenn er Feierabend hatte, schlief er auf der Couch ein, Irmchen auf seinem Bauch, die Füße in den staubigen Socken über der Lehne, der alte Stinkstiefel, aber ich hab ihn gelassen.«

Ihre Kollegin rauchte eine lange Damenzigarette und hörte zu. Frau Gerlach kämmte Odefeys Haare mit raschen Strichen. Er zuckte zusammen, wenn sie einen Knoten erwischte, gab aber keinen Laut von sich.

»Ich dachte schon, mit meiner Milch ist was nicht in Ordnung, aber die Beckmann, die damals den Schuhladen in der Karl-Marx-Straße hatte, später ist die nach Steglitz gezogen, die hat gesagt, die Kleine ihrer Schwägerin hatte das auch und das gibt sich, auf keinen Fall Bohnen essen, nichts, was bläht.«

Sie begann zu schneiden, mit hastigem, nervösem Scherenklappern, schaute dabei oft über Odefeys Schopf hinweg zum Schaufenster, um mitzukriegen, wer dort vorbeiging, während sie die Haare faßte und über ihren Fingern abschnitt, die Büschel fielen Odefey in den Schoß.

»Und dann fing Rudolf mit dem Magen an, es war zum Auswachsen, wochenlang ist er mit verkniffenem Gesicht rumgelaufen, was ist denn, hab ich gesagt, nichts, sagt er, aber Leichenbittermiene, wochenlang. Und hat mit Irmchen gestritten, die war da fünfzehn und stand endlos mit einem Thomas im Hausflur, das konnte Rudolf nicht haben. Der tigerte durch die Wohnung, hielt seinen Bauch, dann rennt er die Treppe runter und zerrt sie am Handgelenk mit hoch. In der Nacht hat er geschrien, so was hast du noch nicht gehört, ich stand senkrecht im Bett, sofort den Notarzt, Krankenhaus, ich saß noch zwei Tage an seinem Bett, die Ärzte sagten einem ja nichts und er auch nicht, er lag nur da, sein Gesicht wie Asche.«

Ihre Kollegin nickte. »Ja, weeß ick noch, die Beerdigung.«

Frau Gerlach schnitt schneller, Odefey fürchtete um seine Ohren und hielt still.

»Die Beerdigung. Na ja. Hab nicht viel davon mitgekriegt. Wie vor den Kopf geschlagen war ich, keine zweiundvierzig und Witwe. Da war ich wie im Nebel, wochenlang, ich lag alle Nächte wach und wütete gegen ihn, hätteste doch was sagen können, vorher, hätte man was machen können! Ich habe die anderen kaum erkannt, die mir die Hand gaben und sagten, komm vorbei, wenn du was brauchst.

Aber niemand ist gekommen, auch Irmchen nicht, die hatte schon wieder einen anderen, und Rudolf lag unter der Erde und schwieg. Damals bin ich täglich auf den Friedhof, saß da in meinem Nebel und hab ihn beschimpft, an seinem Grab, wie konntest du nur, eine Frau so im Stich zu lassen. Ich hab mich wie 'ne Oma gefühlt, wie siebzig, wenn ich da mit der Gießkanne zwischen den Gräbern ging. Am liebsten wäre ich ihm nachgestorben.«

Odefey sah sein Haar fallen, die abgeschnittenen Büschel lagen aufgetürmt auf dem Umhang und auf dem Boden, er hatte genug und räusperte sich, doch Frau Gerlach schnitt weiter. Sie war vielleicht selbst nicht zufrieden, besserte nach, holte den Rasierer, um die Nackenpartie vom Flaum zu befreien.

»Nachts nicht geschlafen und morgens die Gier auf die erste Tasse Kaffee und die erste Zigarette, damals hab ich wieder angefangen. Und dann hat Gisela mich mitgenommen ins ›Reuter-Eck‹, und da hab ich mich richtig betrunken, die ganze Nacht durchgemacht und den nächsten Tag verschlafen, da war mir alles egal, bin auch nicht mehr zum Friedhof. Jedes Wochenende, ich brauchte das. War auch nicht mehr böse auf ihn, hab seine Sachen weggeräumt, die Hemden und Hosen zur Altkleidersammlung, die machen ja noch was draus, seine Schaltungen hab ich weggeworfen, das Hochzeitsfoto von der Anrichte genommen und in die Vitrine gestellt, hinter den Zinnbecher aus Eichstätt. Und fertig.«

Sie hielt Odefey einen Spiegel an den Hinterkopf, so daß er seine Frisur von hinten betrachten konnte. Er war froh, daß er endlich fertig war, und nickte, als sei er sehr zufrieden, zahlte und verabschiedete sich. Als er nach draußen kam, wehte die Dezemberluft ungewohnt kühl um seinen Kopf.

_34_

Zehn Tage vor Weihnachten begegnete er Frau Pilarski auf dem Kottbusser Damm. Sie stand vor dem »Sporthaus Schütze« und betrachtete die ausgestellten Sportgeräte. Als sie Odefey sah, hellte sich ihr Gesicht auf, sie winkte ihm zu. »Det is ja schön, det ich Sie hier treffe, Herr Nachbar. Ich hätte da mal eine Bitte, eine große Bitte!«

Odefey blieb verwundert stehen. In den letzten Monaten hatte sie ihn stets übersehen, wenn sie sich auf der Sonnenallee oder im Hausflur begegnet waren. Er nahm an, daß sie zu ihrem Mann hielt. Die hitzige Begegnung in ihrer Küche im Frühling hatte er allmählich vergessen, doch hin und wieder tauchte sie noch in seinen Träumen auf, beugte sich mit sinnlich geöffneten Lippen über ihn, bis er aufwachte und im Bett hochfuhr.

»Ja, was kann ich denn für Sie tun?« fragte er zögernd. Ihm schwante nichts Gutes, doch war ihm daran gelegen, seine Stellung im Hause nicht noch weiter zu verschlechtern, indem er ihr eine Bitte abschlug.

»Also, es handelt sich um meinen Mann«, sagte sie und schenkte ihm schon jetzt ein dankbares Lächeln. »Nämlich er wünscht sich zu Weihnachten, ich will mal sagen seit Jahren, einen Boxsack. Det war schon immer seine Leidenschaft jewesen, so haben wir uns auch kennengelernt, da war er nämlich Boxer im Verein. Ein Körper wie ein junger Gott, ich war sofort hin und weg. Na ja.«

Sie schwieg betroffen, als hätte sie zuviel gesagt, dann wandte sie sich entschlossen zum Schaufenster und wies auf einen riesigen roten Boxsack, der als Sonderangebot im Preis herabgesetzt war.

»Also, det wär was für ihn, da freut er sich, det können Sie sich jar nicht vorstellen, wie er sich da freut. Ick komm hier eben vorbei, ick denke, ick seh nicht richtig! Bis eben wußt ick noch kein Jeschenk für ihn.«

Odefey argwöhnte, daß sie ihm einen Zuschuß zum doch nicht ganz billigen Ausstellungsstück abverlangen würde. Er wiegte vorsorglich den Kopf, um seine Bedenken anzukündigen, denn er hatte kaum noch Geld in der Tasche. Wenn er ihr aber nicht finanziell beispringen konnte, wäre das Weihnachtsgeschenk für ihren Mann gefährdet.

Frau Pilarski trat einen Schritt auf ihn zu und rieb mit kundiger Hand seine Oberarme. »Det schaffen Sie schon, so weit ist es ja nicht«, sagte sie aufmunternd, während sie seine Muskeln drückte, »und ich als Frau kriege das gute Stück nicht nach Hause.«

Das sah Odefey ein, er war erleichtert, daß es nur darum ging, ihr den Sack zur Wohnung zu tragen.

»Außerdem hat er heute Dienst, er würde es nicht merken, die Überraschung wäre perfekt, also ich wäre Ihnen wirklich sehr verbunden!« sagte sie und wechselte zu einer helleren Mädchenstimme.

»Klar, mach ich doch gern! Weil Sie es sind, Frau Pilarski!« sagte Odefey.

Sie legte ihren Kopf geschmeichelt zur Seite und sah ihn aus den Augenwinkeln an. »Also, flörten können Sie, das muß man Ihnen lassen!« Und sie betraten gemeinsam das Geschäft.

Der Boxsack war schwerer, als Odefey angenommen hatte. Er merkte bereits an der Ecke zur Weserstraße, was er sich damit eingebrockt hatte. Frau Pilarski bemühte sich nach Kräften, ihn bei Laune zu halten.

»So ein kräftiger junger Mann wie Sie, der wird ja spielend damit fertig, da kann man als Frau nur staunen über so eine männliche Kraft!«

Odefey atmete schwer und rechnete nach, wie weit der Weg noch sei. Der Boxsack schien mit jedem Schritt schwerer auf seinem Rücken zu lasten. Er achtete auf seine Füße, denn wenn er jetzt stolperte und stürzte, das wußte er, käme er nicht wieder hoch.

Frau Pilarski ging leichtfüßig neben ihm und schaute ihn bewundernd an. »Sie sind ja ein Herkules, ein richtiger Adonis, das sieht ja ganz leicht bei Ihnen aus!« Er antwortete nicht. Jedes Wort hätte zuviel Kraft gekostet.

Hinter der Hobrechtstraße stieß sie ihn leicht in die Seite, was ihn gefährlich aus dem Gleichgewicht brachte. »Sagen Sie mal, was ich mich so frage, Sie müßten doch ne kleine Freundin haben, ein so gutaussehender Mann wie Sie, aber man sieht ja nie eine junge Dame bei Ihnen!«

Odefey rann der Schweiß über das Gesicht, er atmete dichte Wolken heißer Luft in die Dezemberkälte aus. Er dachte an Meentje. Aber seine Freundin? So nahe war er ihr noch nicht gekommen. Er wußte nicht einmal, wann sie sich wiedersehen würden, und im Moment zweifelte er daran, daß sie sich überhaupt noch einmal begegneten, denn er würde voraussichtlich an der nächsten Straßenecke endgültig zusammenbrechen.

Frau Pilarski nahm es ihm nicht übel, daß er auf ihre Frage nicht einging. »Na, wir hams ja gleich«, sagte sie munter, als sie die Fuldastraße erreichten, »das ist doch für Sie als Akademiker auch mal schön, eine körperliche Betätigung zu haben, statt immer nur über den Büchern zu sitzen, das kann einen jungen Mann ja nicht auslasten.«

Auf dem Hof wollte er den Weg ins Vorderhaus nehmen, doch sie hielt ihn zurück. »Wo denken Sie hin! Auf gar keinen Fall kommt das Stück in meine Wohnung.«

Odefey hatte den Sack abgestellt und versuchte, seinen gekrümmten Rücken allmählich aufzurichten.

»Ich wollte Sie doch um einen Gefallen bitten, und Sie haben so freundlich zugesagt, Herr Nachbar. Könnten Sie det Jeschenk nicht die paar Tage bei sich unterstellen?«

Sie sah ihn mit einem langen Blick an. Odefey dachte an die vier Etagen. Seine Knie wollten nachgeben.

»Es soll doch eine Überraschung sein! Mein Mann findet den Sack doch garantiert, wenn ich den in die Wohnung stelle!«

Frau Pilarski drängte sich an ihn und hob ihr Gesicht zu seinem Ohr. »Bitte«, hauchte sie, und in diesem Wort lag viel weibliche Überzeugungskraft.

_35_

Odefey war es später ein Rätsel, wie er den Boxsack die Treppen in seine Wohnung hinaufbekommen hatte. Er fand sich an seiner Tür wieder, rang nach Luft und zitterte am ganzen Körper, doch er hatte es geschafft. Der Boxsack lehnte majestätisch in der Zimmerecke.

Frau Pilarski kümmerte sich um ihn. »Mein Mann ist noch längst nicht zu Hause«, sagte sie nach einem raschen Blick über den Hof. Sie holte ein Glas Wasser aus der Küche, gab Odefey zu trinken und führte ihn zu seinem Bett. Er ließ sich willenlos nieder. Seine Muskeln brannten. Das Haar hing ihm schweißnaß ins Gesicht, und er wußte, er würde sich in den nächsten Stunden nicht vom Fleck rühren. Frau Pilarski zündete eine Zigarette an und führte sie an seine Lippen.

Dann wanderte sie neugierig in seinem Zimmer umher und betrachtete eingehend seine Fotos. »Also, Sie sind ja ein richtiger Künstler!« sagte sie anerkennend und musterte ihn mit einer Art von neuem Besitzerstolz. »Ein Künstler hier im Hause, wer hätte das gedacht. Da kommen wir vielleicht noch in die Zeitung!«

Odefey lächelte müde.

»Ich darf mich doch setzen?« fragte sie und setzte sich neben ihn. Sie zündete auch für sich eine Zigarette an und schien auf etwas zu warten.

»Ein junger Künstler«, wiederholte sie nachdenklich und streichelte seinen gebeugten Rücken. Ihre Bewunderung war ihm nicht unangenehm, auch wenn er schüchtern abwinkte.

»Ach, na ja«, sagte er. Ihre Hand lag nun ruhig auf seinem Nacken, nur ihre Fingerspitzen spielten am Haarflaum. Die Berührung tat ihm wohl, seine Lebenskräfte kehrten zurück.

»Das wußte ich, daß du eine Frau wie mich nicht von deiner Bettkante stoßen würdest«, hauchte sie plötzlich in sein Ohr und legte dabei die andere Hand auf seinen Schenkel.

»Man will sich ja auch erkenntlich zeigen«, fügte sie hinzu, als müßte sie ihre Zuwendung begründen.

Odefey benötigte solche Erklärungen nicht, solange er im Nacken gekrault wurde. Er lehnte sich sanft an ihre Seite, um den Moment, der zugleich süß und seltsam war, zu genießen. Sie kam ihm kaum merklich entgegen.

Beide drückten ihre Zigaretten aus. Odefey wandte sich zu ihr. Sie erinnerte ihn wieder einmal sehr an Bonnie Tyler.

»Wie geht es dem kleinen Panther?« fragte er leise. Frau Pilarski wich ein wenig zur Seite und lachte.

»Richtig mollig hier«, sagte sie und zog langsam ihren Pullover aus, »da wird einem ganz schön warm.«

Odefey betrachtete andächtig den muskulösen Panther, der auf ihrem Oberarm im Sprung hochschnellte, doch sie ließ ihn nicht lang darauf schauen, sondern stand mit einem Seufzer auf und löschte das Licht.

Sie kam leicht und warm zu ihm. Im Hinterhof blieb es still, die Mieter unter ihm waren fort, in der Zimmerecke lehnte der Boxsack und wartete auf Weihnachten.

_36_

Herr Pilarski war in denkbar schlechter Laune, als er am späten Heiligabend auf Odefeys Klopfen die Wohnungstür öffnete. Er war zwar festlich gekleidet, hellblaues Hemd mit vereinzelten Kanarienvögeln und ein bordeauxfarbenes Jackett, doch seine Miene war finster.

»Wat wolln Sie denn hier?« fragte er Odefey, der schwer atmend neben dem in eine blaue Mülltüte gehüllten Boxsack stand.

»Ich möchte Ihnen ein frohes Fest wünschen«, sagte er kleinlaut und wollte gleich wieder gehen. Frau Pilarski hatte ihn gebeten, erst am späteren Abend mit dem Geschenk zu kommen, dann wäre die Überraschung größer. Mit einer so frostigen Begrüßung hatte er nicht gerechnet.

»Wer ist es denn, Manne?« fragte die Hauswartsfrau von der Küche her.

»Der Odebei vom Hinterhaus«, sagte Herr Pilarski murrend.

»Ach, bitte den jungen Mann doch kurz herein, Manfred!« rief sie mit der Stimme einer Hausfrau, die keinen Widerspruch duldet.

Unwillig machte der Hauswart Platz und ließ ihn in den Flur. »Und wat soll det Jelumpe hier?« fragte er mit Blick auf das blauverhüllte Stück, das Odefey hinüber ins Wohnzimmer wuchtete.

»Manne, det ist für dich!« sagte Frau Pilarski, die eben ins Wohnzimmer trat und Odefey mit ausgestreckter Hand begrüßte. Sie trug eine dunkelgrüne Hose und ein Kostümjäckchen mit Straßbesatz. »Der junge Mann war so freundlich, es vorbeizubringen.«

Odefey schaute sich kurz um. Am Fenster stand ein kleiner Weihnachtsbaum aus Plastik, mit Lametta, Kugeln und Wattebällchen behängt und von einer rot blinkenden Lichterkette beleuchtet. Der Fernseher übertrug stumm die Bilder eines Festgottesdienstes. Auf dem Couchtisch lagen die Geschenke, die die beiden bereits ausgepackt hatten. Frau Pilarski hatte eine Kette mit großen weißen Perlen bekommen, einen Roman von Utta Danella, eine Schachtel Pralinen und hauchzarte schwarze Spitzenunterwäsche. Auf der Seite von Herrn Pilarski lag nur ein Päckchen mit dunklen Herrensocken, und Odefey verstand nun dessen Unmut. Frau Pilarski blickte ihren Mann erwartungsvoll an, der immer noch an seinem Ärger kaute und keinen Finger rührte, als Odefey ihm die Halterungskette des eingepackten Boxsacks überreichte.

»Ihr wollt ma wohl verarschen«, murmelte er mißtrauisch.

Frau Pilarski legte ihrem Mann einen Arm auf die Schulter. »Det ist mein Jeschenk für dich«, sagte sie, »und es jibt noch was dazu!« Damit schlüpfte sie in die Küche.

Herr Pilarski begann seufzend die Mülltüte aufzureißen, seine Augen wurden größer und größer.

»Mensch, ick werd nich mehr«, sagte er stockend, »det kann ja wohl nich sein, det kann ja wohl nich wahr sein!« Er schaute zu Odefey auf, als er den Boxsack freigelegt hatte. »Det isn Boxsack!«

Odefey blickte in die Augen eines überglücklichen Mannes und freute sich mit ihm.

»Gerda, det isn Boxsack! Ick werd nich mehr! Ein richtiger Boxsack!« rief der Hauswart zur Küche hin, »nun komm doch mal!«

»Ich weiß, mein Schatz, ich weiß«, sagte sie und kam mit einer kleinen Plastiktüte, die sie ihm überreichte. »Und det jehört dazu!«

Herr Pilarski zog zwei pralle rote Boxhandschuhe aus der Tüte und jauchzte auf, wie Neuköllner Männer sonst nur beim Würfelspiel aufjubeln, wenn die richtige Zahl fällt. Er nahm seine Gerda fest in die Arme. Sie quietschte auf und strich ihm begütigend über den Kopf. Er wandte sich wieder dem Boxsack zu, dann umarmte er in einem Moment plötzlicher Rührung auch Odefey.

»Also, det mußte jetzt sein, ick freu mir ja so«, stammelte er und suchte nach Worten, die seinen Gefühlen angemessen waren, »det is nu wirklich, ich möchte mal sagen, mein innerer Reichsparteitag!«

Er holte eine Flasche Cinzano aus der Schrankwand. »Fürn Schlückchen werden Sie doch bleiben, Herr Nachbar, det muß begossen werden, also ick brauche jetzt ein Schlückchen.«

Seine Frau stimmte ihm zu: »Gemütlichkeit muß sein!«

Sie stießen zu dritt an, und Herr Pilarski konnte sich kaum darüber beruhigen, was für eine Überraschung seine Frau da ausgeheckt hatte und wie nett es von dem jungen Mann gewesen war, ihr zur Hand zu gehen.

»Euch beide kann man ja nicht allein lassen!« sagte er glücklich und stieß noch mal an.

»Also, Herr Odebei, damit begraben wir mal die Unstimmigkeiten der letzten Zeit«, sagte der Hauswart und knuffte Odefey freundschaftlich in die Seite. »Wenn Sie Ihre Miete richtig zahlen, wollen wir mal nich so sein, dann lassen wir auch mal fünfe grade sein, man ist ja schließlich kein Unmensch.« Er konnte seinen Blick nicht vom Boxsack nehmen, und die Boxhandschuhe preßte er wieder und wieder an seine Brust. »Det habe ich mir seit Jahren gewünscht!«

Odefey blieb noch eine Viertelstunde, dann brachte Frau Pilarski ihn zur Tür. »Na siehste, wie der sich gefreut hat«, sagte sie und legte Odefey eine warme Hand auf die Hüfte.

»War schön jewesen bei dir«, flüsterte sie noch und schloß dann mit einem langen Blick die Tür.

Er ging erleichtert die Treppen hinunter und klopfte noch bei Lindners, um ihnen ein schönes Fest zu wünschen. Doch Frau Lindner, die öffnete, war in schlechter Verfassung, sie erkannte ihren

Nachbarn kaum und mußte sich am Türrahmen festhalten.

»Is jetz nich so günstig«, sagte sie undeutlich. »Wir ham ein bißchen getrunken.«

Odefey wollte nicht allein in seiner Wohnung sitzen und machte einen Spaziergang zum Landwehrkanal. Das schwarze Wasser lag reglos in der kalten Nacht. Er schaute auf die beleuchteten Fenster der gegenüberliegenden Häuser und stellte sich vor, daß Meentje neben ihm stünde und er ihre Hand nähme.

_37_

Gleich am ersten Weihnachtstag nahm der Hauswart sein Boxtraining auf. Odefey erwachte von den dumpfen Schlägen, die im Hinterhof widerhallten, und sah Herrn Pilarski unten an der Teppichstange, an der er seinen Boxsack aufgehängt hatte, arbeiten. Trotz der Kälte trug er nur eine Jogginghose und ein Muskelhemd. Seine Fäuste steckten in den großen roten Boxhandschuhen. Der Boxsack schwang unter seinen festen Schlägen hin und her.

Einige Mieter hatten die Fenster geöffnet und verfolgten interessiert den ungleichen Kampf. Herr Pilarski erinnerte sich rasch an seine früheren Jahre als Boxer, er probierte Kombinationen aus, links rechts links, unter denen der Sack aufzustöhnen schien. Flinke Jabs und plötzliche Leberhaken folgten. Die Mieter applaudierten fachkundig. Herr Pilarski grüßte mit erhobenen Fäusten in die Runde, und als er Odefey oben an seinem Fenster erblickte, rief er stolz und glücklich hinauf: »Morgen, Herr Nachbar!«

Man gewöhnte sich an den Anblick des boxenden Hauswarts und zollte ihm den fälligen Respekt, indem man sich nach seinen Trainingsfortschritten erkundigte. Man folgte prompt seinen Anweisungen, wenn er die sachgemäße Befüllung der Mülltonnen einforderte. »Ja, Chef«, sagten die Mieter und senkten die Köpfe, was ihm sichtlich behagte.

Er war schon vorher ein gefürchteter Mann gewesen, nun wurde er zum unumschränkten Herrscher im Hause. Da er mit Odefey offensichtlich wieder auf gutnachbarlichem Fuß verkehrte, folgten die übrigen Mieter seinem Beispiel. »Guten Tag, Herr Odefey!« hieß es nun morgens, »machs jut, Nachbar!« zum Abend hin.

Odefey nahm die unverhoffte Wertschätzung gelassen hin, da er sich in diesen Tagen auch als Taxifahrer bewährte. Die ersten Fahrten für Mischniks »Stall«, wie Herr Lindner sich ausdrückte, waren zufriedenstellend verlaufen. Er brachte eine ältere Dame vom Wörnitzweg zum Arzt in der Urbanstraße, bekam wenig später einen Fahrgast, der nach Schöneberg wollte, und vom Winterfeldtplatz aus ging es hinaus zum Schlachtensee. Mischnik staunte über seine erste Tagesabrechnung: »Da fragt man sich, wie wir ohne Sie über die Runden kommen konnten!«

Odefey fand sich gut zurecht in Berlin, er entdeckte Reinickendorf und Tegel, erfuhr Alt-Mariendorf und Lankwitz, kannte sich bald in Steglitz und Wilmersdorf aus. Er brachte die Touristen vom Kurfürstendamm zum Checkpoint Charlie, wo sie auf die Grenzsoldaten starrten, die auf der Friedrichstraße patroullierten. Er mußte sich nur selten mit den Fahrgästen unterhalten, die meisten waren froh, einmal auf einen Taxifahrer zu treffen, der ihnen nicht seine Weltanschauung aufdrängte, und entlohnten Odefey reichlich dafür.

Dennoch war er stets froh, wenn er nach Schichtende zurück nach Neukölln fuhr. Die Straßen waren ihm vertraut, er kannte hier jeden Laden, jede Kneipe, jeden Baum. Am Wochenende ging er hinaus, wenn das Licht günstig war, und fotografierte in seinem Viertel. Jeden Morgen um halb acht wurde er von den festen Schlägen des Hauswarts wach, der seinen Boxsack an der Teppichstange bearbeitete.

_38_

Am wohlsten war ihm, wenn er Meentje bei ihrer Arbeit im »Kalaboka« betrachten konnte. Er saß in seinem Taxi und schaute über die Schöneberger Motzstraße hinweg ins Innere des Lokals. Meentje stand am Tresen und schenkte Bier und Wein aus. Manchmal half sie ihrer Kollegin beim Abräumen der Tische. Odefey bewunderte ihre geschmeidigen Bewegungen, die stets aufmerksam und angemessen waren. Er mochte es, wie sie den Kopf neigte, wenn ein Gast etwas bestellte, wie sie lachte, wenn sie mit ihrer Kollegin sprach. Er träumte sich zu ihr hin, während er im Taxi saß, am Straßenrand gegenüber, zehn oder zwanzig Minuten Pause machte, ehe er weiterfuhr.

Seit er das Lokal entdeckt hatte, von dem sie erzählt hatte, kam er immer wieder hierher, und bald kannte er ihre Arbeitszeiten. Das Lokal erschien ihm wie ein Aquarium, die Gesten der Gäste waren still, ihre Unterhaltungen nicht zu hören, auch kein Gläserklirren, Tellerklappern, Stühlerücken. Meentje bewegte sich flink und unaufhaltsam. Manchmal nickte Odefey für wenige Minuten ein. Wenn er die Augen wieder aufschlug, war sie wie eben noch an einem der Tische beschäftigt, wischte den Tresen oder verabschiedete Gäste. Hin und wieder, wenn nichts zu tun war, rauchte sie eine Zigarette und schaute nach draußen. Doch Odefey wußte, daß sie in der abendlichen Dunkelheit eher das Spiegelbild des Lokals sehen konnte, vielleicht noch einige Straßenlaternen, nicht aber ihn in seinem Taxi.

Er brauchte drei Wochen, bis er sich entschließen konnte, ins Lokal zu gehen. Sie hatte bald Feierabend, das wußte er, die meisten Gäste waren bereits gegangen, das letzte Paar zahlte. Meentjes Kollegin und der Koch waren vor einer halben Stunde gegangen. Sie zuckte leicht zusammen, als er hereinkam und sie ihn erkannte, doch dann lächelte sie. Gemeinsam stellten sie die Stühle hoch.

»Ich hab das Taxi vor der Tür«, sagte er, »wenn du magst, bring ich dich nach Hause.«

»Weiß nicht«, erwiderte sie, ihre Hände waren unruhig beim Aufräumen, »ich will noch was trinken gehen, ich kann sonst nicht einschlafen.«

Sie löschte die Lichter, schloß die Tür ab und nahm seine Hand. Odefey spürte ihre kühle, ein wenig feuchte Handfläche. Er wußte nicht, was er davon halten sollte, sagte nichts, nach einer Weile lösten sich ihre Hände, und sie gingen zwei Schritte voneinander entfernt die Straße hoch, als wären sie über die plötzliche Nähe erschrocken.

Sie tranken Mai Tai. Sie rauchten. Die Musik war so eindringlich, daß sie sich kaum unterhalten konnten. Das »Cabesa blanca« war ausschließlich von Männern besucht. Einige von ihnen tanzten auf der kleinen Fläche im zweiten Raum, sie streichelten einander beim Tanzen, ihre Hände tasteten im Schritt des Partners, sie küßten sich mit langsamen Zungen. Odefey betrachtete verstohlen eine Strähne von Meentjes Haar, die ihr über Stirn und Wangen fiel. Sie schob sie mit einem Finger zurück hinters Ohr, die Strähne rutschte wieder nach vorn. Wenn sie Odefey anschaute, blickte sie durch die Strähne hindurch, und ihm begann unter ihrem Blick das Herz stärker zu klopfen.

Wenn sie einander etwas sagten, mußten sie die Köpfe zusammenstecken. Er erzählte ihr vom Hauswart und seinem Boxsack. »Der Kontrolleur?« fragte sie zurück. Odefey nickte. »Der wohnt bei dir im Haus?« Sie lachte. Er nickte zufrieden, als hätte er einen guten Witz gemacht. Sie wirkte jung und ausgelassen, wenn sie lachte, und senkte den Kopf, um ihr Kichern zu verbergen. Er hätte sie gern wieder zum Lachen gebracht, doch es fiel ihm nichts ein. Ein Mann lehnte an der Wand gegenüber, er trug ein enges T-Shirt und Lederhosen wie die anderen Männer, seine Zunge spielte im Mundwinkel, als er Odefey betrachtete, der davon nichts merkte. Meentje trank ihren Mai Tai aus. »Laß uns mal gehn«, sagte sie, »der macht dich sonst an, und dann muß ich allein nach Hause.«

Im Taxi nahm sie den Beifahrersitz und erzählte, als sie von Schöneberg nach Kreuzberg fuhren, unter den Yorckbrücken hindurch, von ihrer Städtesuche. »Ich bin mit dem Zug durch das Land gefahren und hab mir acht oder neun Städte angesehen, ob ich da bleiben möchte. In München kam ich frühmorgens an, der Markt wurde grade aufgemacht, und ich wollte mir einen Apfel kaufen. Der schönste war in einer Pyramide, nicht ganz oben, aber den wollte ich haben. Da ist die halbe Pyramide zusammengefallen, und die Marktfrau hat mich auf bayerisch angemeckert. Und ich dachte, in München, da wollen sie dich nicht, ich fahr nach Berlin. Und hier bin ich geblieben.«

Odefey hätte sie gern nach ihrer Geige gefragt, hätte ihr gern von dem Foto erzählt, das er an der Bushaltestelle von ihr gemacht hatte, doch sie schaute versunken aus dem Fenster und knabberte an den Fingernägeln.

In der Sanderstraße, vor ihrem Haus, strich er ihr zum Abschied leicht über den Arm, und sie zuckte zusammen.

»Tut mir leid«, sagte sie, »ich war grad weg.« Sie faßte seine Hand und drückte sie.

»Darf ich noch mit hochkommen?« fragte er und erschrak sogleich über seine Worte.

»Nein, bloß nicht«, sagte sie hastig, »ist nicht aufgeräumt, vielleicht ein anderes Mal.«

Als er weiterfuhr, um das Taxi vor Mischniks Büro abzustellen, wurde sein Herzschlag ruhiger, und er ging glücklich nach Hause.

_39_

Herr Lindner mochte Odefey und war freigebig mit gutgemeinten Ratschlägen. Beispielsweise wußte er, wo man günstige Dauerkarten für die Berlinale bekam. Es war Mitte Januar. Sie saßen im »Ambrosius«.

Einen Tisch weiter saß eine ältere Frau vor einem Glas Bier und rauchte. »Ein Glück sind die Feiertage vorbei«, sagte sie in den Raum hinein.

»Ist gut, Hilde«, erwiderte der Wirt hinterm Tresen, »ist gut jetzt.«

Herr Lindner stieß Odefey an. »Berlinale, Mensch. Wär doch was für dich, bist doch auch so ein Künstler«, sagte er. »Zwanzig Mark, und du kannst alle Filme sehen. Ist ne feine Sache.«

Odefey war sofort hellhörig. »Aber die Dauerkarten kosten über hundert Mark«, wandte er ein.

Herr Lindner wischte mit leichter Hand etwas Luft beiseite. »Mußt ja nicht bei den offiziellen Stellen kaufen, die nehmen dich eh nur aus. Kollegen von mir machen das günstiger. Der Duke und Ralle, die haben ein Händchen dafür. Die sitzen oben in der Flughafenstraße, gegenüber vom Korner.«

»Kenn ich«, sagte Odefey, »da habe ich meine Kamera gekauft.«

»Na siehste«, nickte Herr Lindner und nahm einen Schluck Kaffee. »Dann gehste da mal hin und bestellst schöne Grüße von mir, bringst ein Paßbild mit und kriegst ne tadellose Dauerkarte. Kannst auch deine Kleine mitnehmen, da freut die sich.«

Die Frau am Nebentisch hob ihr Glas.

»Ein Glück sind die Feiertage vorbei«, sagte sie nachdrücklich.

»Hilde, ist gut jetzt«, antwortete der Wirt.

Hilde nickte. »Ein Glück.«

Herr Lindner nickte düster. »Wo se recht hat, hat se recht«, sagte er. »Meine Madame hat zu Weihnachten wieder jetrunken, nur ein Schlückchen sagtse, nur een Schnaps zur Feier des Tages! Seitdem zittert sie wieder, schon frühmorgens, kann es kaum erwarten, daß ick aus der Türe bin.« Er schüttelte den Kopf. Der Wirt stellte ihm ein frisches Bier hin.

Odefey ging gleich am nächsten Tag in die Flughafenstraße. Im Vorderraum hing schwer der Zigarettenqualm. Ralle trug eine Sonnenbrille im Haar, dazu ein weinrotes Jackett, die Ärmel wie ein Schlagersänger hochgeschoben. Im Hinterzimmer saß der Duke dunkel an seinem Schreibtisch und stanzte Papiere. Der Kaffeekocher brodelte. Der Laden machte auf Odefey nicht den Eindruck einer Vorverkaufsstelle für Berlinale-Dauerkarten. Aber mal fragen schadet ja nichts, dachte er und brachte sein Anliegen vor.

Ralle schaute ihn verständnislos an. »Berlinale, ick hör imma Berlinale. Is hier der Zoopalast, oda wat? Bin ick Moritz de Hadeln?«

Odefey war verunsichert. »Nein, ich hab nur gehört.«

Ralle begleitete ihn zur Tür. »Hat dir jemand 'n Bären uffjebunden. Kommt vor. Wenn du mal wieder ne Kamera brauchst, gern.«

Odefey hatte die Hand schon auf der Türklinke, als der Duke in den Vorderraum trat. Der Türrahmen verdunkelte sich. Der Duke schaute zum Kaffeekocher und räusperte sich, Ralle verstand im Nu.

»Ick mach dir einen, Duke, kommt sofort.« Der Ledermantel des Duke knarrte, als der einen Blick auf Odefey warf und sich müde zur Seite wandte.

»Wer erzählt denn was von Dauerkarten?« fragte er mit leiser Stimme. Odefey wollte keinen Ärger bekommen, aber die Antwort nicht schuldig bleiben.

»Mein Nachbar, Herr Lindner«, sagte er kleinlaut. Ralle schaute überrascht auf.

»Mensch, Lindner, sag das doch. Der Ranger, Alter! Der Ranger is n feiner Mann.«

Der Duke winkte Odefey heran und zog sich ins Hinterzimmer zurück.

Auf seinem Schreibtisch lag ein Stapel handgroßer blauer Pappen, die bereits mit den offiziellen Schriftzügen bedruckt waren. Ein Haufen Paßbilder wartete auf die Bearbeitung. Odefey legte sein Bild und ein Foto von Meentje dazu. Der Duke schnitt die Fotos zurecht, stanzte sie auf die blaue Pappe und stempelte sie sorgfältig ab.

»Fünfzig«, sagte er.

Odefey zögerte. »Fünfzig Mark für zwei Ausweise? Für die zwei Minuten Arbeit?« fragte er ungläubig.

»Fünfzig pro Stück«, sagte der Duke gelassen und legte seine Hand auf die beiden Dauerkarten. An drei Fingern glänzten Ringe mit Drachenleibern und Totenköpfen. »Schließlich haben wir die ganze Arbeit, wir sitzen hier rund um die Uhr, dauernd kleckern Leute rein, man kommt zu gar nichts mehr.«

Ralle stand plötzlich neben Odefey und zupfte ihn am Ärmel. »Überleg mal, Alter, fünfzig Ocken für sieben Tage Filmegucken. Wenn du fünf Filme am Tag schaffst, dann sind das fünfunddreißig Filme, also eine Mark zwanzig pro Film, det is doch unschlagbar, det kriegste nirgendwo sonst geboten.«

Der Duke schaute Odefey kurz an und schob ihm die Dauerkarten hin. Odefey zahlte.

»Und danke sagen könnwa auch noch, jehört sich so«, sagte der Duke.

»Danke«, sagte Odefey.

_40_

Meentje freute sich über die Dauerkarten. Gemeinsam lasen sie das Berlinale-Programm und entwarfen einen komplizierten Stundenplan, um so viele Filme wie möglich sehen zu können.

Als Odefey dann neben Meentje im Kino saß, bekam er von den Filmen nur wenig mit. Eine glückliche Wärme durchfloß ihn, weil sie neben ihm war, ganz nahe. Doch er traute sich nicht, ihre Hand zu nehmen. Ihre Hand lag schon auf der Lehne, er traute sich nicht, sie zu berühren. Was konnte alles geschehen! Sie konnte ihre Hand wegziehen. Sie konnte aufstehen und gehen. Sie konnte ihn vielleicht nie wieder ansehen. Also ließ er seine Hände bei sich, ärgerte sich über sich selbst, sah die Filmbilder und verstand sie nicht.

Draußen auf der Bleibtreustraße lag der Schnee in schmutzigen Haufen. Sie gingen in eine kleine Pizzeria gegenüber dem Kino. Sie aßen hastig, um den nächsten Film zu erwischen, studierten das Programm, um den Rest der Nacht zu planen, tranken einen Kaffee, rauchten. Wenn Meentje ihn ansah, mußte er lächeln. Wenn sie ihn etwas fragte, antwortete er mit weicher Stimme. Sie gingen hinaus auf die Straße, an der S-Bahn entlang, zur Kantstraße, zum nächsten Kino. Meentje rannte vor ihm davon, doch lief sie nicht schneller, als er sie einholen konnte, und sie schien es zu mögen, daß Odefey ihr nachlief.

Sie gerieten in einen mexikanischen Film, es war der fünfte des Tages, weit nach Mitternacht, Meentje lehnte bald ihren Kopf an Odefeys Schulter und schlief ein. Er spürte den Hauch ihren Atems an seiner Seite und regte sich nicht, um sie nicht zu wecken. Der Film interessierte ihn nicht, er schloß die Augen, um Meentje näher zu sein.

Jede Nacht brachte er sie zurück in die Sanderstraße vor ihre Haustür. Manchmal faßte sie zaghaft nach seinem Mantel, doch Odefey stand verstockt und rührte sich nicht. »Bis morgen«, sagte er mit einem unsicheren Lächeln und drehte sich schroff um. Mittags holte er sie ab, sie saßen wieder nebeneinander im Kino, und er ärgerte sich wieder über seine Hand, die nicht zu ihrer fand. Er konnte ihr nicht sagen, wie verknotet er sich innerlich fühlte, sondern verfiel in ein dunkles Schweigen. Meentje aber nahm es gelassen, sie schien sich auf den nächtlichen Abschied zu freuen. Je mehr er sich schämte, desto heller stand der Schalk in ihren Augen, wenn sie sich von ihm verabschiedete.

Die Berlinale dauerte sieben Tage, und es dauerte bis zur siebten Nacht, daß Odefey sie berührte. Meentje stand auf der Eingangsstufe zu ihrem Haus, da beugte er sich zu ihr und küßte sie auf die Wange. »Ich möchte dich wiedersehen«, sagte er hastig und ging mit einem ernsthaften Nicken davon, als hätte er eine fast unlösbare Aufgabe gemeistert. Als er sich an der Straßenecke umblickte, stand sie noch in der Tür und schaute ihm nach.

_41_

»Als Kind wollte ich immer Geige spielen«, erzählte Meentje. Odefey saß in ihrer kleinen Küche, sie hatte ihn zum Essen eingeladen und Sardinen gebraten. Sie tranken Weißwein, saßen nun vor den leeren Tellern, er hatte sie endlich nach dem Geigenkasten gefragt.

»Aber meine Eltern hielten nichts von Geigenunterricht und wollten auch keine Geige kaufen. Du kratzt einem bloß die Ohren voll, sagten sie. Manchmal habe ich den Tennisschläger meines Bruders genommen und wie eine Geige an den Hals gelegt. Und mit einem Kochlöffel als Bogen die Saiten gestrichen.« Sie führte die Bewegungen versunken aus.

»Keiner durfte mich so sehen. Aber ich habe die Geigenmusik gehört.«

Sie schaute aus dem Fenster. »Dann fand ich es albern. Aber vor zwei Jahren habe ich auf einem Flohmarkt den Geigenkasten gesehen und gekauft. Da ist jetzt mein Zeug drin, sonst nichts.«

Odefey mochte ihre Wohnung. Er mochte Meentjes Stimme. Er mochte es, wie sie gedankenverloren an ihren Fingernägeln knabberte, wenn ihr nichts mehr einfiel, und wie sie die Hand beiseite legte, wenn sie sich dabei ertappte. Er schaute ihr gern in die Augen, doch als sie ihn fragte, welche Augenfarbe sie habe, wußte er es nicht.

Sie ging ins Nebenzimmer und legte eine Platte von Cyndi Lauper auf, draußen begann es zu schneien. »Die Welt gefällt mir, wenn es schneit«, sagte sie. Der Schnee fiel sachte auf die Dächer gegenüber, er blieb auf ihrem Fensterbrett liegen. »Ich wünschte, ich könnte so einen Moment fotografieren«, sagte er. Sie saßen beide an ihrem Fenster und schauten hinaus. Odefey erzählte ihr vom Schneetreiben auf der Elbe und Meentje vom Schlittschuhlaufen auf den zugefrorenen Kanälen vor Haarlem. Draußen war es still. Sie ging in ihr Zimmer und legte das Violinkonzert von Max

Bruch auf. Auf dem Fußboden lagen unzählige Bücher zu hohen Stößen aufgeschichtet. Sie wirkten wie Wolkenkratzer in einem sehr kleinen New York, er ging mit vorsichtigen Schritten durch die Straßenschluchten. An der Wand lehnten Regalbretter aus einem Möbelhaus. »Ich habs versucht«, sagte Meentje, »ich habs wirklich versucht, aber ich kriege es nicht hin.«

Sie machten sich gemeinsam daran, die Bretter mit Holzdübeln zu versehen und in die Seitenwände einzupassen. Odefey legte die Rückwand auf das Gestell und nagelte sie mit kurzen Hammerschlägen fest. Von unten klopfte jemand mit dem Besenstiel an die Decke, Meentje und er hielten schuldbewußt den Atem an und rührten sich nicht.

»Ich hab hier keine Stühle«, flüsterte sie schließlich, »aber du kannst dich aufs Bett setzen.«

Odefey setzte sich und hoffte insgeheim, sie könnte nicht sein wildes Herzklopfen hören.

_42_

An manchen Tagen lungerten die Lindnerkinder im Hof herum. Odefey hörte Frau Lindner in der Küche fluchen. Benny und Jessica scharrten verlegen mit den Füßen, als er vorbeikam. Eines Abends kam Frau Lindner die Treppen hoch zu seiner Wohnung, sie klopfte wild gegen seine Tür, und als er erschrocken öffnete, bat sie dringend um Geld für Zigaretten. Sie schaute ihn nicht an, doch er roch den Alkoholdunst, der sie umgab. »Bloß für Zigaretten!« wiederholte sie trotzig, und Odefey legte ihr ein Fünfmarkstück auf die zitternde Hand.

Eines Morgens stand Frau Pilarski mit einem Kochtopf vor Odefeys Tür. »Du kochst doch nicht so gerne«, sagte sie, »Manfred und ich schaffen das einfach nicht, und da dachte ich …«

Odefey wollte ihr die Freude lassen und nahm den Topf dankend an. Sie legte den Kopf zur Seite und lächelte ihn an.

»Ich würd ja gern kurz reinkommen«, flüsterte sie, »aber Manfred wartet.«

Sie ging die Treppe hinunter, drehte sich auf dem Absatz noch einmal um und winkte verstohlen. »Man sieht sich.«

Odefey trug den Topf in seine Küche und betrachtete ratlos die Fleischsuppe, auf der sich eine dicke Fettschicht gebildet hatte. Da er über den Tag wenig gegessen hatte, setzte er den Topf auf seinen Herd und wärmte die Suppe probehalber auf. Doch als die Fettschicht sich allmählich in Klumpen auflöste und seine Küche nach altem Kaninchen zu riechen begann, nahm er den Topf wieder von der Flamme und schüttete die Suppe eine halbe Treppe tiefer in sein Klo.

Den Topf wusch er sorgfältig ab und brachte ihn am nächsten Tag zurück. »Ja, vielen Dank, hat gut geschmeckt«, sagte er, um sie nicht zu enttäuschen.

»Ach, det freut mich aber sehr«, erwiderte die Hauswartsfrau und lehnte sich bequem an die Tür.

»Ich koche ja gern, da kann ich öfter an dich denken«, fuhr sie fort, und ihr Blick glitt über seinen mageren Körper, »du kannst ruhig ein bißchen was auf die Rippen kriegen.«

Er nickte lächelnd, auch wenn ihm unwohl dabei war, bedankte sich aber nochmals und ging, als Herr Pilarski die Treppe hinaufkam. Der Hauswart legte grüßend zwei Finger an den Haaransatz.

Frau Pilarski kam nun öfter, brachte ihm Linsensuppe, Thunfischsalat, Sülze, auch Leberwurststullen, die sie sonst ihrem Mann zur Arbeit mitgab. Odefey nahm ihre Gaben stets dankend entgegen, unterhielt sich eine Weile mit ihr und war froh, daß das Verhältnis mit den Hauswartsleuten so freundschaftlich geworden war. Auf ihre leisen Berührungen antwortete er nicht, was sie verständnisvoll hinnahm, da sie ihn wohl für schüchtern hielt und ihre Freude daran hatte. Er spülte ihre Gerichte meist noch am selben Abend im Klo hinunter, da sie sonst in der Küche zu riechen begannen, wusch die Teller und Schalen ab und brachte sie anderntags zurück. Wenn ihr Mann nicht zu Hause war, bot sie ihm auch gern einen Kaffee an, und sie rauchten eine Zigarette zusammen.

Er fragte sie nach den anderen Mietern, und Frau Pilarski erzählte ihm ausführlich von den Lebensumständen der Nachbarn. »Det bleibt aber unter uns«, pflegte sie zu sagen und breitete dann ihre Kenntnisse aus.

Herr Hähnig beispielsweise, der an der nächsten Ecke einen Zeitungsladen führte, lebte mit seiner bettlägerigen Mutter zusammen. »Seit Jahren jeht det so!« rief sie aus, »glaubst du, der hat jemals eine Freundin gehabt, der Schlappschwanz? Aber immer nett grüßen und dienern, der Schleimscheißer, immer freundlich tun, nee, det widert mich an!«

Auch Herrn Steinicke mochte sie nicht. »So ein ganz Stiller, der grüßt ja überhaupt nicht, den hat man noch nie mit jemandem reden gesehen. Keinen Ton sagt der! Hält sich wohl für wat Besseres! Wer weiß, was der in seinem Kämmerlein ausbrütet.«

Vor Herrn Celebi jedoch ekelte sie sich. »Ick hab nüscht gegen Türken, Hans, det weeßte, det kannste mir glauben, aber nicht in meinem Hause. Celebis haben die Wohnung nur bekommen, weil ich es nicht mehr schaffe, die Treppen zu wischen. Frau Celebi macht das ja gern. Sie ist so ne ganz Liebe, die nickt immer nur. Aber ihn finde ich unheimlich. Diese schwarzen Augen, und dann läuft er immer in die Synagoge, oder wie das bei denen heißt, um da zu buckeln, also nee. Da schüttelts mich.«

Odefey konnte selbstverständlich nicht ablehnen, als sie ihn in der Woche darauf um Hilfe im Keller bat. Sie stiegen gemeinsam die Stufen hinunter. Die Zeituhr des Lichtschalters tickte. Pilarskis Keller lag weit hinten, die Hauswartsfrau ging voran und ließ ihren Hintern fraulich schaukeln. Im Kellerverschlag gab es dann eigentlich wenig zu tun. Sie ließ Odefey alte Regalbretter von einer Seite zur anderen räumen, zeigte ihm die Einmachgläser vom Herbst und beugte sich tief hinunter, um einen Karton mit alten Postkarten hervorzuholen. Dabei stieß sie leicht gegen Odefeys Becken, der hinter ihr stand, jedoch gleich zur Seite wich, weil er nicht aufdringlich erscheinen wollte.

Was es auch war, das sie gesucht hatte, sie hatte es nicht gefunden, und als sie die Stiegen wieder hinaufgingen, verabschiedete sie sich schmallippig von ihm und blaffte Jessica und Benny an, die auf dem Hof spielten.

_43_

Meentje kam ihn besuchen, um seine Fotos anzuschauen. Odefey hatte seine Wohnung geputzt, das Bett frisch bezogen, Tee gekocht und Kekse gekauft. Er trug sein schönstes Hemd.

Meentje zeigte sich nicht beeindruckt. Sie wanderte still in seinem Zimmer umher und betrachtete die Fotos, die er ausgelegt hatte, schwieg lange, trat an sein Bett und schaute lange auf das Bild, das sie an der Bushaltestelle zeigte. »Schönes Licht«, sagte sie und kniete sich auf die Matratze, um die daneben aufgehängten Bilder anzusehen.

Odefey setzte sich neben sie, da klopfte es. »Das sind die Mieter von unten«, sagte er, »bin gleich zurück.«

Als er öffnete, war es Frau Pilarski.

»Haste mal Zeit für mich?« fragte sie mit seitlich gelegtem Kopf. »Mein Mann ist nicht da.«

Odefey verneinte hastig.

»Ach, komm schon.«

Sie faßte zärtlich nach ihm, doch Odefey wich zurück. Frau Pilarski setzte entschlossen nach und drängte in den Flur, Odefey konnte sie nicht zurückhalten.

Meentje auf dem Bett drehte sich verwundert um. Die Hauswartsfrau stand wie vom Schlag getroffen da und starrte mit offenem Mund auf die kleine Frau in Odefeys Zimmer.

»Ach, 'ne Freundin hat er auch noch, der Herr von und zu«, platzte es aus ihr heraus. Sie wandte sich gegen Meentje. »Na, machste ihm schöne Augen, wa? Aber ick war zuerst da, daß du det nur weeßt, Frollein.«

Sie stemmte die Hände in die Hüften und schaute Odefey an, als erwarte sie eine ausführliche Erklärung von ihm.

»Also, ich geh dann mal lieber«, sagte Meentje leise und verschwand wie ein Hauch aus seiner Wohnung, ehe Odefey verstand, was hier geschah.

Frau Pilarski blieb in ihrem verletzten Stolz am Türpfosten stehen. »Die Kleine ist doch nichts für dich, Hans«, sagte sie, und ihre Stimme klang unerwartet flehend, was sie offenbar so ärgerte, daß sie hinzusetzte: »Aber du mußt es ja wissen!«

Damit verschränkte sie die Arme unter ihren Brüsten und drehte ihr Gesicht halb von ihm weg, als könnte nichts, was er nun sagen würde, sie wieder besänftigen.

Odefey sagte auch nichts. Er hörte Meentjes Schritte im Treppenhaus, dann das Schlagen der Hoftür. Sie ist weg, dachte er, sie ist weg, sie wird nicht wiederkommen. Er war ganz kalt und reglos dabei, als hätte er ohnehin nichts anderes verdient. Frau Pilarski stand breit und trotzig in der Tür.

»Und deine Scheißbilder hier«, sagte sie mit verächtlich herabgezogenen Mundwinkeln, »det will doch eh keener sehen, dieset janze Jelumpe.«

Odefey holte ihren Kochtopf aus seiner Küche und hielt ihn ihr hin.

»Ich will das nicht mehr«, sagte er, »ich will auch nicht, daß du hier dauernd hochgekleckert kommst.«

Frau Pilarski warf den Kopf zurück. »Na, wer nich will, der hat schon«, sagte sie, doch es klang nicht so leichthin, wie sie es sich gewünscht hatte. Sie ging erhobenen Hauptes aus der Wohnung. Die Tür aber schlug sie mit solcher Wucht zu, daß das ganze Treppenhaus davon widerhallte.

_44_

Frau Lindner wütete weiter in ihrem Suff. Manchmal stand sie nachts im Hinterhof und sang. Herr Lindner holte sie herein, sie schlug nach ihm. »Ick bin alle, vastehste, ick kann det nich mehr, ick will wat zu saufen, vastehste?« Dann klappte die Tür, sie gellte in der Wohnung weiter, die Mieter horchten an ihren Fenstern.

Odefey aber war verliebt. Er dachte, wo er ging und stand, an Meentje, und er schaute die Bäckereiverkäuferin so glücklich an, daß sie geschmeichelt die Haare zurückstrich. Er hatte, stockend zwar und mit einigen Widersprüchen, die sich erst allmählich auflösen ließen, Meentje die Geschichte mit Frau Pilarski und dem Boxsack erzählt. Sie hörte ihm verwundert zu.

»Du meinst, sie wollte dich massieren?«

Er nickte erleichtert. »Ja, so ungefähr.«

Sie wünschte Einzelheiten dieser Massage zu erfahren. Odefey räusperte sich und kicherte verlegen. Meentje drehte sich eine Zigarette und schwieg, während er lange nach Worten suchte, um vorsichtig zu beschreiben, was vorgefallen war.

»Na ja«, sagt er und zuckte mit den Achseln, »und seitdem kommt sie öfter mal hoch, um mir Essen zu bringen.« Meentje schüttelte den Kopf.

»Du meinst echt, du hast mit der Hauswartsfrau geschlafen, deren Mann als Kontrolleur bei der BVG arbeitet?«

»So hab ich das noch nicht gesehen«, sagte Odefey, »und außerdem weiß er ja nichts davon.«

»Ach, er weiß nichts davon!« sagte Meentje hoch erfreut. Sie trat ans Fenster und blickte auf den Hof. Bei Pilarskis brannte kein Licht. Das Küchenfenster war geschlossen. Odefey atmete innerlich auf.

Als er am nächsten Morgen mit Meentje das Haus verließ, stand Herr Pilarski an den Briefkästen. Meentje grüßte ihn mit einem strahlenden Lächeln, so daß Odefey zusammenzuckte und der Hauswart sich nachdenklich am Hintern kratzte.

_45_

An einem Donnerstag rief der Redakteur des Wochenblatts aufgeregt an. »Du hast den zweiten Platz im Berliner Pressefoto des Jahres gemacht. Gratuliere. Hatten wir noch nie! Das gibt eine schicke Einladung zur Preisverleihung beim Berliner Presseball.«

Odefey stöhnte leise auf, er hatte seit der Konfirmation keinen Anzug mehr getragen. Verwirrt fragte er: »Aber wofür denn?«

Der Redakteur lachte. »Na, für den Kontrolleur, Mensch! Det Foto hängt doch schon auf jedem Kreuzberger WG-Klo.«

Am selben Tag brachte eine Boulevardzeitung das Foto auf der Titelseite. »Skandal um BVG-Beamten!« Herr Pilarski griff verschreckt zur Kamera hin, während die andere Hand in Meentjes Schulter krallte, seine Kontrolleursmütze saß schief, das BVG-Jackett war verrutscht. »Mit diesem Bild«, schrieb die Boulevardzeitung, »wollte der Fotograf H. Odefey den BVG-Beamten zum Gespött der Leute machen. Nun bekommt das Foto auch noch eine Auszeichnung! Was müssen wir uns noch alles bieten lassen?« Sie ließ auch den Pressesprecher der BVG zu Wort kommen: »Der Beamte ist in korrekter Ausübung seines Dienstes fotografiert worden. Wir werden mit rechtlichen Schritten dagegen angehen. Unsere Kontrolleure sind verantwortungsvolle und beliebte Mitarbeiter unseres Unternehmens.« Auch andere Berliner Zeitungen brachten Berichte zu den Pressefotos des Jahres und druckten Odefeys Bild ab.

Der Regierende Bürgermeister weigerte sich, die Urkunde für den zweiten Platz an Odefey zu übergeben. Er schüttelte dem Sieger des Wettbewerbs, der einen Berliner Dackel im Galopp fotografiert hatte, minutenlang die Hand und verschwand dann von der Bühne. Jemand rief Odefey nach vorn, sofort erhoben sich murrende Stimmen, von den Springer-Tischen kamen Buhrufe. »Sauerei«, rief ein Kollege, »Nestbeschmutzer!«

Odefey war es egal, er freute sich über die Auszeichnung und die damit verbundene Geldsumme. Die Redakteure des Wochenblatts klopften ihm leutselig auf die Schulter, als er wieder an ihrem Tisch saß. »Nun werden sich die anderen Zeitungen um dich reißen«, weissagte einer, »die kaufen uns immer die besten Leute weg.«

Doch es waren zunächst die Neuköllner, die ihn auf das Foto ansprachen. »Saren Se mal, det is doch der Pilarski, den Se da fotografiert haben«, meinte der Zeitschriftenhändler Hähnig, als Odefey abends noch Zigaretten holte. »Den ham Se aber jut erwischt, paßt wie Faust uff Ooge! Da wird der sich aber mal freuen!«

In der Bäckerei Nowak hing das Foto, das aus der Boulevardzeitung ausgeschnitten war, am Stehtisch der Kaffeetrinker. »Dit warn doch Sie jewesen! Sie fotografieren doch immer so schön!« begrüßte ihn Frau Weber und zwinkerte ihm kokett zu.

Herr Celebi winkte an der Sonnenallee von seinem Obst- und Gemüsestand, drängte ihm eine Tüte mit Tomaten auf und lud ihn ein, auch von seinem Stand ein Foto in die Zeitung zu setzen. Die anderen Mieter des Hauses, die er im Hausflur traf, nickten ihm lächelnd zu. Nur von Herrn Pilarski hörte er nichts.

Eines Morgens aber wurde er früh wach, da die Schläge gegen den Boxsack an der Teppichstange wieder einsetzten. Herr Pilarski arbeitete im Muskelshirt. Er deckte den Sack mit raschen Kombinationen ein, tänzelte schwerfällig um seinen Gegner herum und ließ ihm keine Ruhe. Odefey stand oben am Fenster und schaute ihm zu. Die Schläge des Hauswarts schienen ihm wuchtiger und finsterer als in den vergangenen Wochen.

_46_

Odefey machte sich nichts daraus. Er freute sich über seinen unverhofften Ruhm. Nun ging er wieder jeden Morgen mit der Kamera durch die Straßen, und abends, wenn er nicht bei Meentje war, stand er in seiner Dunkelkammer.

Viele Neuköllner ließen sich jetzt gern von ihm fotografieren. Die Hausfrauen, die eine Zigarettenpause am Fenster machten, winkten ihm zu: »Machen Sie doch mal ein hübsches Bild von mir!« Die Verkäuferinnen in der Hermannstraße lockerten sich kurz das Haar, stellten sich in Positur und lächelten ihn herausfordernd an. »Man will ja schließlich nicht sein Lebtag hier klebenbleiben«, sagten sie, »also ich würde gerne mal in die Zeitung kommen!«

Auch die Kneipenwirte fanden nichts dabei, wenn er seine Kamera auf den Tisch legte. »Sind Sie derjenige, der das Bild vom Kontrolleur jeschossen hat?« fragten sie und boten ihm eine kostenlose Tasse Kaffee an. »Machen Se doch mal ne Reportage über dieset Lokal, ich könnte Ihnen Sachen erzählen, da könnte man ein Buch draus machen!« Die Stammgäste kehrten ihm anfänglich lieber den Rücken zu, doch wenn sie sich warmgetrunken hatten, wurden auch sie zutraulicher.

Dem Taxifahren blieb er treu. Mischnik behandelte ihn seit der Auszeichnung sehr zuvorkommend. »Sie sind ja nun prominent«, sagte er gern, »det is jut fürs Jeschäft, det mögen die Kunden.« Odefey nahm seine Kamera nun auch auf seine Fahrten mit. Eine Hamburger Wochenzeitung hatte eine Bilderserie zum Berliner Alltag in Auftrag gegeben, »so wie Ihr Porträt des Kontrolleurs, also ganz ordinär, wir wollen das mal versuchen«, hieß es. Odefey hielt die Augen offen. Er fotografierte die Obdachlosen am Bahnhof Zoo, die Kunden an den Currywurstbuden, die Spieler auf der Trabrennbahn Mariendorf. Er kam in der Stadt herum. Am meisten liebte er die heruntergekommenen Bezirke wie Neukölln, Moabit und Wedding.

Einmal fuhr er ein älteres Ehepaar nach der Abendvorstellung im Theater des Westens hinaus zum Grunewalder Roseneck. Die beiden Herrschaften saßen steif und schweigend im Fond, während er den Dachsberg 7 suchte. Die Villen waren von Kastanien beschattet. Schwere Mauern und Gitter hielten Neugierige fern. »Der Berliner Westen«, sagte er staunend und mehr zu sich selbst, »aber ehrlich gesagt, ich möchte hier ja nicht wohnen.« Die Eheleute wechselten einen stillen Blick. Der

Mann beugte sich einen Fingerbreit nach vorn und sagte: »Also ehrlich gesagt, wir möchten auch nicht, daß Sie hier wohnen.« Der Rest der Fahrt verlief schweigend.

_47_

An einem Sonntagabend im späten März fuhr Odefey mit der U-Bahn hinaus nach Rudow, um die nächtlich erleuchteten Grenzanlagen zu fotografieren. Obwohl der Abend so fortgeschritten war, daß nur noch wenige Fahrgäste unterwegs waren, hatte er am Automaten einen Fahrschein gelöst. Er ärgerte sich über die unnütze Ausgabe, atmete aber auf, als in der Station Wutzkyallee eine Gruppe von BVG-Kontrolleuren einstieg.

Die Männer in den blauen Jacketts dachten jedoch schon an den Feierabend, die meisten setzten sich auf die leeren Plätze. Zwei von ihnen standen vor Odefey in eine Unterhaltung vertieft, die Sinn und Zweck der Kontrollen am Sonntag betraf. Der jüngere der beiden, ein trotzdem beleibter Mann, bezweifelte, daß der Kontrolleinsatz der Beamten gerechtfertigt wäre. Zu allen Argumenten seines Kollegen schüttelte er nur unwillig den Kopf, er wies auf ein Spiel seiner Fußballmannschaft hin, das er hatte absagen müssen. »Ich muß doch blöd sein!« murmelte er ungehalten.

»Bist du auch«, sagte Odefey, den eine plötzliche Wut übermannt hatte, daß die Kontrolleure sich um ihn, der allzu gern seinen Fahrschein vorgezeigt hätte, überhaupt nicht kümmerten. Der Kontrolleur drehte sich zu ihm um.

»Wat willste?« fragte er. »Zeigen Se ma Ihren Fahrschein.« Odefey holte seinen Fahrschein hervor, sein Gesicht war von Schamesröte überzogen, und sein unbedachter Ausspruch tat ihm jetzt leid.

»War nicht so gemeint«, sagte er rasch, doch der Kontrolleur, der seinen Schein sorgfältig betrachtete, schien ihn nicht mehr zu hören.

»So wie ick det sehe, is der abgelaufen, und det heißt nach Adam Riese, det Sie hier schwarzfahren, und det sehn wa nich so jerne am Sonntagabend.«

Er hielt Odefeys Fahrschein seinem Kollegen hin, der einen Blick darauf warf und bestätigend nickte.

»Manne«, rief der jüngere Mann durch das Abteil, »kommste mal, wir haben hier einen Schwarzfahrer.«

»Mach det mal selbst oda laß ihn loofn, is Feierabend«, erwiderte einer von den hinteren Sitzreihen.

Odefey spannte sich innerlich an, als er die Stimme seines Hauswarts erkannte.

»Na, mit vierzig Mark sind Se dabei«, sagte der Kontrolleur zu ihm und klappte seinen Dienstblock auf.

Odefey verschränkte die Arme vor der Brust. »Der Fahrschein ist gültig, den hab ich Rathaus Neukölln gestempelt, das ist zehn Minuten her, und das andere hab ich nicht so gemeint, das ist mir nur so rausgerutscht.«

Er redete möglichst leise, damit Herr Pilarski nicht auf ihn aufmerksam wurde. Die Situation war ihm unangenehm.

»Ach, det will er nicht zahlen, na dann hätt ick mal gerne Name und Anschrift, denn machen wir det amtlich.«

Odefey murmelte seinen Namen und seine Anschrift. Er wußte, daß die Kontrolleure sich stets den Personalausweis zeigen ließen, um die Angaben zu überprüfen.

Der Kontrolleur stutzte, als er den Namen hörte, und wiederholte ihn langsam, auch für seinen Kollegen, der nun ebenfalls nachdenklich wurde. Die anderen Kontrolleure kannten die übliche Szene mit einem ertappten Schwarzfahrer zur Genüge und unterhielten sich entspannt.

»Odefey«, sagte der Kollege schließlich, »ich werd nich mehr.«

Er zeigte auf Odefeys Kamera. »Dann ist das Ihre Kamera, mit der Sie Ihre berühmten Bilder machen?« Odefey nickte, erfreut über seine Bekanntheit, und hoffte, daß die Sache sich nun rasch klären ließe.

»Det kann ja wohl nich wahr sein«, wiederholte der erste Kontrolleur, »dürfte ick die mal ansehen, ick fotografier nämlich selbst mal gerne.«

Odefey reichte ihm die Kamera, um die Lage zu entspannen. »War eben wirklich nicht so gemeint«, sagte er noch.

Der Zug hielt am Zwickauer Damm, der Bahnsteig war leer, die BVG-Beamten auf ihren Plätzen rührten sich nicht. Odefeys Kontrolleur kannte sich mit Fotoapparaten so weit aus, daß er die

Rückseite der Kamera öffnen und den eingelegten Film herausziehen konnte.

»Schade um die schönen Bilder«, sagte er und ließ die Kamera fallen.

»Schade um det jute Stück«, sagte sein Kollege, »damit macht er keene Bilder mehr.«

»Schon gar nicht von uns Kontrolleuren«, bestätigte der erste und stieß die Kamera mit den Fuß in den Mittelgang, auf die anderen Kollegen zu.

Odefey wollte aufspringen. »Sag mal, spinnst du?« rief er in hellem Aufruhr. Da erhielt er die erste Backpfeife. Seine Wange brannte, die beiden Männer blickten ihn abwartend an, der Zug näherte sich in verlangsamter Fahrt dem Endbahnhof Rudow. Odefey wollte nur noch entkommen, seine Kamera aufheben und aus der Bahn heraus. Die Sache würde ein Nachspiel haben, das mußte er sich nicht gefallen lassen.

Nun waren auch die übrigen Kontrolleure aufgestanden und scharten sich um ihn. Der Zug stand bereits, doch die Türen öffneten sich nicht, da niemand ausstieg. Die beiden Männer hielten Odefey fest und wiesen auf ihn. »Det is der Odefey, der Herr Fotograf. Kiek ma, Manne, der waret doch jewesn.«

Herr Pilarski schob sich durch den Pulk der Männer und stellte sich breitbeinig vor Odefey hin. »So sieht man sich wieder«, sagte er und zog sein Jackett aus. Ein Kollege nahm es ihm ab, er krempelte seine Hemdsärmel auf. Odefey dachte an den Boxsack an der Teppichstange.

Der Zug ruckte an und fuhr auf ein Abstellgleis. Die BVG-Beamten bildeten eine dichten Kreis um

Odefey und Herrn Pilarski, der seinem Nachbarn lange in die Augen sah und sich dann auf die Fäuste küßte.

Als Odefey den ersten Schlag vom Hauswart empfing, dachte er an das Schwein, das er als Junge bei einer Hausschlachtung gesehen hatte. Es hing bereits am Haken, und der Schlachter näherte sich dem reglosen Tier mit blitzender Klinge.

Herr Pilarski benutzte die Fäuste. »Freundchen«, sagte er zwischendurch, »det is so schön, dich hier zu sehen, dich dreh ick uff links.«

_48_

Herr Lindner fand ihn zwei Stunden später. Odefey war am Ausgang der U-Bahn-Station Rathaus Neukölln zusammengebrochen und liegen geblieben. Die Leute gingen an ihm vorbei, sie hielten ihn für betrunken, und es war nicht ratsam, betrunkene Männer in der Sonntagnacht anzusprechen.

Auch in der U-Bahn, mit der er von Rudow zurückgefahren war, in eine Ecke gekauert, den Kopf gesenkt, die Arme um seine Rippen geschlungen, hatten die Fahrgäste nicht weiter auf ihn geachtet. Auf der Höhe Britz-Süd hatte er einen Zahn aus seinem verquollenen Mund gespuckt. Mit letzter Kraft war er am Rathaus Neukölln ausgestiegen und bis zur Ecke Schönfeldtstraße getaumelt. Herr Lindner stand mit seinem Wagen am Taxistand und erkannte seinen Nachbarn. Er half Odefey auf, setzte ihn in sein Taxi und brachte ihn in die Sonnenallee.

Frau Lindner faßte sofort zu, als die Männer mit Odefey hereinkamen. Sie legten ihn auf die Couch im Wohnzimmer. »Der muß ins Krankenhaus«, sagte sie, doch ihr Mann schüttelte den Kopf. »Laß ihn erst mal hier liegen, der erholt sich wieder, der ist noch jung.« Odefey bekam wenig von ihren Verrichtungen mit. Frau Lindner holte warmes Wasser aus der Küche und wusch vorsichtig sein Gesicht ab. Als sie sein blutüberströmtes Hemd öffnen wollte, deutete er mit wunden Augen auf seine Rippen. Er zog nur mühsam die Luft ein. Sein Mund war so verschwollen, daß er keine Worte herausbrachte.

»Möchte mal wissen, wer Sie so zugerichtet hat«, sagte Frau Lindner. Sie flößte ihm einen Schluck Weinbrand ein und nahm selbst ein Gläschen. »Bleiben Se mal liegen, det wird schon wieder.«

Odefey hörte die Haustür klappen und die schweren Schritte des Hauswarts im Flur. Herr Pilarski sang einen Schlager, als er zu seiner Wohnung hinaufstieg. Auch Frau Lindner erkannte seine Stimme. »Wat, der Olle trinkt ooch?« sagte sie und goß sich einen weiteren Schluck Weinbrand ein.

Odefey blieb die nächsten Tage bei Lindners. Er fürchtete sich davor, in seine Wohnung zurückzukehren. Er träumte immer wieder davon, daß Herr Pilarski ihn dort heimsuchte, mit seinen Kollegen vor der Tür stand, sechs Mann hoch, daß sie die Tür eintraten und den schlafenden Odefey aus dem Bett zerrten. »So, Freundchen«, sagten sie, »dann wolln wir mal wieder.« Wenn er aus diesen Träumen hochschreckte, lag er bei Lindners auf der Couch, Jessica und Benny machten sich für die Schule fertig und warfen ihm mitleidige Blicke zu.

Die Kinder freuten sich, daß er bei ihnen untergekommen war. Er half Benny nachmittags bei den Hausaufgaben, und abends las er ihnen aus einem Konsalik-Roman vor, dem einzigen Buch in Lindners Schrankwand.

Tagsüber war er viel allein. Er traute sich nicht nach draußen. Herr und Frau Lindner hatten ihn anfangs bedrängt, die Sache der Polizei zu melden, doch Odefey weigerte sich. Er verriet ihnen nicht, mit wem er es zu tun gehabt hatte, und wenn sie davon sprachen, den Schuldigen dingfest zu machen, drehte er den Kopf zur Seite.

Wenn Lindners morgens zur Arbeit und Schule fortgegangen waren, stand er am Küchenfenster, rauchte vorsichtig eine Zigarette und schaute auf den Hof. Jeden Morgen absolvierte Herr Pilarski sein Training am Boxsack, neuerdings machte er zum Abschluß drei Klimmzüge an der Teppichstange. Sein Oberkörper glänzte vor Schweiß. Nach dem Training begutachtete er seine Bizepse, die er in verschiedenen Posen schwellen ließ. Er schaute nicht zu Odefeys Wohnung hoch.

Ansonsten waren die Vormittage ruhig. Im Nebenhof sah Odefey einen Mann, der ebenfalls rauchend am Fenster seiner Parterrewohnung stand und auf den Hof blickte. Er hatte ihn öfter im Supermarkt Condi gesehen. Soweit er sich erinnern konnte, hatte der Mann niemals gesprochen. Im Supermarkt schaute er stets zu Boden, wenn er seinen Einkaufswagen durch die Gänge schob, an der Kasse holte er immer den gleichen Beutel heraus, so daß er nie nach einer Tüte fragen mußte. Die Kassiererin gab ihm stumm das Wechselgeld zurück. Odefey nahm an, daß er zu Hause eine Katze hatte, weil er in seinem Einkaufswagen oft Katzenfutter gesehen hatte. Er fragte sich, ob der Mann wenigstens mit seiner Katze sprach, wenn er ihr den Teller mit den Fleischstückchen hinschob oder sie beim Fernsehen kraulte. Vielleicht war die Katze auch längst gestorben, und er kaufte die Dosen nur aus Gewohnheit oder aus Trauer. Man sah ihn nie zur Arbeit gehen, wovon er lebte, wußte man nicht.

Odefey ging zurück ins Wohnzimmer und legte sich wieder auf die Couch. Wenn er im Hausflur Schritte hörte, zuckte er zusammen. Wenn er Herrn Pilarski im Treppenhaus singen hörte, begann er zu zittern.

Auch Frau Lindner zitterte, besonders frühmorgens. Sie nahm einen Cognac, bevor die Kinder in die Küche kamen, und kaute eine Kaffeebohne, ehe ihr Mann erschien. Odefey sagte nichts, wenn sie am Vormittag, da sie nun schon dabei war, das eine oder andere Gläschen trank. Sein Schweigen ärgerte sie, je mehr sie trank.

»Ja, ick hab wieder angefangen, na und«, sagte sie trotzig, »is doch nur Leberpflege.« Am Nachmittag schwankte sie. Ihre Kinder wichen vor ihr zurück, wenn sie durch die Küche taumelte, und wenn ihr Mann sie zur Rede stellte, dann brüllte sie zurück: »Mir doch egal, wenn ick trinke! Und wenn ick ma sterbe, dann könnta meine Asche im Persileimer begraben meinetwegen!«

_49_

Allmählich heilte Odefeys Gesicht. Er konnte wieder atmen, ohne daß ihm ein stechender Schmerz durch die Rippen fuhr. Lindners hatten allmählich genug von ihrem Gast und wiesen ihn auf die Vorzüge seiner Wohnung hin. Sie hatten ihre eigenen Sorgen. Odefey ging zurück ins Hinterhaus und stieg die vier Treppen zu seiner Wohnung hoch.

Dort sah er sich ratlos um. Das Zimmer war kalt. Seine Fotos schienen ihm fremd, die Kameratasche war leer. Im Hinterhof war niemand zu sehen, also wagte er die ersten Schritte vor die Tür. Die Neuköllner auf der Straße warfen ihm kurze, interessierte Blicke zu. »Hoffentlich sieht dein Gegner noch schlimmer aus«, sagte ein Mann vor dem Rathaus. Ein anderer fragte im Waschsalon: »Ärger mit deiner Ollen?« Odefey mußte lächeln, doch seine Lippen waren noch geschwollen und schmerzten bei jeder Bewegung.

Er ging in die Flughafenstraße, um sich eine neue Kamera zu besorgen. Ralle saß am Kanonenofen und aß Nudeln aus einer großen Schüssel. »Du, ick mach aus mir eine Kampfmaschine«, erzählte er. »Ick will auf hundert Kilo kommen, reine Muskelmasse, vastehste. Seit Tagen pumpe ick Eisen, Alter.« Dann schaute er Odefey genauer an. »Wie siehst du denn aus?«

Aus dem Hinterzimmer kam der Duke. Sein Ledermantel knarrte, als er sich zu Odefey beugte. »Wer war das?« fragte er.

Odefey erzählte ihnen von seiner Begegnung mit den Kontrolleuren. Ralle schüttelte den Kopf. »Und det läßte dir gefallen? Was bist 'n du für einer?«

Odefey zuckte ratlos die Schultern.

»Du brauchst ne Wumme«, sagte Ralle eifrig. »Die kriegst du bei Waffen-Wodarz, sagst ihm schöne Grüße von mir. Der hat sie alle unter dem Ladentisch, SIG Sauer, Beretta, was du willst.«

Aber Odefey winkte ab. »Der eine von denen wohnt bei mir im Haus, Herr Pilarski, unser Hauswart, dem kann ich nicht mit einer Waffe kommen.«

Der Duke räusperte sich. »Kiek an, Pilarski«, sagte er, »dem müßte mal einer Bescheid stoßen.« Und dann sagte er nichts mehr, sondern zog sich hinter seinen Schreibtisch zurück.

So sehr Ralle ihm auch zusetzte, Odefey wollte keine Waffe. Er suchte sich einen neuen Fotoapparat aus, eine Mittelformatkamera. Er freute sich darauf, wieder zu fotografieren. Seine Blessuren würden heilen, wenn er wieder im Bezirk unterwegs war. Der Duke ließ den Hunderter, den Odefey ihm hinhielt, kommentarlos in seiner Hosentasche verschwinden.

_50_

Was Odefey aber wirklich half, wieder gesund zu werden, das waren Meentjes Hände. Er traf sie auf der Karl-Marx-Straße bei Feinkost Kropp, und sie erschrak über seinen Anblick. »Hatte ein bißchen Ärger«, murmelte er und versuchte, tapfer auszusehen.

Sie nahm ihn mit in ihre Wohnung in der Sanderstraße. Sie legte ihre kühlen Hände auf die blauen Flecken unter seinen Augen. Sie legte ihre warmen Lippen auf seine Stirn. Odefeys Gesicht wurde weich. Ein Zittern überlief ihn, als er ihr erzählte, was geschehen war, und das Zittern hörte auf, als sie ihn zu ihrem Bett führte und sich neben ihn legte. Sie schien zu wissen, wie Schläge sich anfühlen, und sie wußte auch, was ein geschlagener Leib braucht.

Sie fuhr mit den Fingerspitzen über seine Rippen, und Odefey atmete tiefer. Er roch ihr Haar, als sie sich küßten. Draußen im Hof hörte das Vogelzwitschern auf, und die Dämmerung breitete sich in Meentjes Zimmer aus. Aus einem Fenster drang Gelächter, es waren Fernsehstimmen zu hören, manchmal Schritte auf der Treppe, das Klappern eines Fahrrads, das in den Hof geschoben wurde. In ihrem Zimmer war es still. Die beiden schliefen aneinandergeschmiegt. In der Frühe wurden sie wach und liebten sich.

Am Nachmittag wurden sie vom Tackern einer Schreibmaschine geweckt und gingen in Kreuzberg frühstücken. Die Wärme des Frühlings verwirrte ihre Sinne. Odefey fühlte sich plötzlich jung und unbesiegbar. Er konnte von Meentje nicht genug bekommen. Er liebte ihre kleinen Gesten und Gebärden. Sie gingen Hand in Hand den Landwehrkanal entlang und schließlich in Meentjes Wohnung zurück. Bald hörte das Tackern der Schreibmaschine auf, und eine angestrengte Stimme rief: »Könnt ihr nicht mal leise sein, ich muß die Arbeit morgen abgeben!«

Nachts blieb es lange hell. Sie saßen die ganze Nacht am Fenster und unterhielten sich leise. Sie lauschten dem Gesang der Amseln frühmorgens. Odefey kehrte erst nach vier Tagen in seine Wohnung zurück.

_51_

Im Mai gingen Meentje und Odefey auf den Jahrmarkt in der Hasenheide. Sie liebten das Kettenkarussell, kauften sich drei Fahrten hintereinander und ließen sich weit hinaustragen über das Gedränge der Leute, über die stampfende Musik der anderen Stände, sie berührten fast die Wipfel der Bäume, die weiche Haut des abendlichen Himmels.

In dieser Samstagnacht war ganz Neukölln auf den Beinen. Die Luft roch nach gebrannten Mandeln und Popcorn, aus den Lautsprechern dröhnte »The Power of Love«. Am Kleiderstand gab es T-Shirts mit dem Aufdruck »Aus dem Brett vor dem Kopf eine Waffe machen« oder »Erst ein Kuß, dann die Kralle – so sind sie alle«, auf den Lebkuchenherzen aber stand geschrieben »Für immer dein«, und am nächsten Stand ertönte der Schlager »Zweifle nie an mir, mein Herz gehört nur dir.« Man drängte sich durch, man aß Ananasscheiben in Schokolade, drüben drehte sich der »Polyp«, der

Einpeitscher schrie ins Mikrofon: »Wer will nochmal wer hat noch nicht, eine affengeile Fahrt jetzt, alles dreht sich alles bewegt sich.« Odefey hielt Meentjes Hand und ließ sich von ihr mitziehen.

Sie kamen am Autoscooter vorbei und entdeckten Frau Pilarski, die an einem Pfeiler lehnte, während ihr Mann breit in einem Fahrzeug saß und damit die weite Fläche beherrschte. Wer ihm in die Quere kam, wurde frontal angefahren. Das Pärchen im gegnerischen Wagen fiel beinahe von den Sitzen beim Aufprall, doch Herr Pilarski saß unbewegt und nahm sich den nächsten Wagen vor, den er nach einer wendigen Drehung an der Flanke erwischte. Er steuerte mit zwei Fingern der linken Hand, sein rechter Arm lag bequem auf der Rücklehne. Frau Pilarski aber konnte sich unterdessen kaum der Komplimente und Angebote erwehren, die die vorbeibummelnden Männer, vom reichlichen Alkoholzuspruch ermutigt, ihr antrugen.

»An der Theke ist der allerschönste Platz« dröhnte es aus dem Festzelt. Noch lange nach Mitternacht spielte hier die Kapelle auf. Odefey und Meentje tranken ein letztes Bier, ehe sie den Heimweg antraten. Sie sahen Frau Lindner in einer Ecke des Zeltes tanzen, ganz allein, mit aufgelöstem Haar und unsicheren Schritten. Die Männer am langgestreckten Tisch feuerten sie an und reichten ihr einen Schnaps, wenn sie eine Pause einlegen wollte.

_52_

Zwei Tage später traf Odefey Benny und Jessica vor der Haustür. Sie saßen auf den Stufen und weinten.

»Was ist denn mit euch?« fragte er.

»Mama ist vom Stuhl gefallen, als sie ne Glühbirne im Bad wechseln wollte«, sagte Jessica, »und dann mitm Kopp auf die Kante gefallen von der Wanne.« Sie legten die Köpfe auf die Knie.

Odefey klopfte bei Herrn Lindner, der kaum ein Wort herausbrachte. »Im Krankenhaus war nichts zu machen«, sagte er düster. Odefey machte ihm einen Kaffee und blieb den Abend bei ihnen.

Frau Lindner wurde vier Tage darauf auf dem Sankt-Michael-Kirchhof bestattet. Die Ansprache des Pfarrers in der Kirche war kurz. Odefey sah fast alle Mieter aus dem Vorderhaus Sonnenallee, Hähnigs und Reuters aus dem Vorderhaus Fuldastraße und die meisten aus dem Hinterhaus. Nach dem Begräbnis gingen die Trauergäste noch gemeinsam ins »Ambrosius«. Niemand sagte auf dem Weg ein Wort. Die Mailuft hing weich über Neukölln, doch keiner bekam etwas davon mit.

Im Lokal stand man anfangs ratlos und bedrückt herum. Im hinteren Raum war eine lange Tafel übereck für Kaffee und Kuchen gedeckt. Man rückte schweigend die Stühle, starrte auf die Kaffeetassen. Meentje hielt Odefeys Hand, sie war mitgekommen, obwohl sie Frau Lindner kaum gekannt hatte. Herr Lindner saß da mit hängendem Kopf. Jessica und Benny neben ihm, wie erstarrt. Frau Lindners Schwester, die zwei Kinder im gleichen Alter hatte, kümmerte sich um sie. Odefey hatte gehört, daß die Kinder vielleicht zu ihr ziehen sollten, wenn Herr Lindner nicht zurechtkam.

Der Wirt und die Bedienung brachten den Kaffee und gedeckten Apfelkuchen. Man griff zögernd zu. »Den hatse immer gern gegessen«, murmelte Herr Lindner. Jessica begann zu weinen, und Benny schnitt eine Grimasse, um seine Tränen aufzuhalten.

»Jetzt heult er ooch gleich los«, sagte Herr Pilarski, der mit seiner Frau am Längstisch saß, und starrte mißbilligend auf den Jungen. Frau Pilarski, die ein schwarzes Häkelkleid trug, trat ihm unter dem Tisch gegen das Schienbein. »Was trittste mir denn?« fragte er, »is doch so, gleich heulta los.«

Tatsächlich hielt Benny es nicht länger aus, da nun alle Augen sich auf ihn richteten, er verbarg das Gesicht im Jackett seines Vaters und schluchzte so haltlos, daß alle verstummten. Nur Herr Pilarski sagte: »Na siehste, ha ick doch jesacht.«

Meentje drückte Odefeys Hand und flüsterte: »Den müßte man wirklich wegsperren«, aber er zuckte nur verzweifelt die Schultern.

Eine halbe Stunde verging, man unterhielt sich leise, die Kaffeetassen klapperten, man nahm vom Kuchen. Der Wirt kam mit einer Flasche Sliwowitz. »Den hatse doch so gern getrunken«, sagte er, »da trinken wir noch einen auf sie.«

Alle griffen zu. Die Kinder bekamen Brause. Odefey nahm sein Glas und erinnerte sich, wie er Frau Lindner zum ersten Mal begegnet war, auf dem Hinterhof, als er nach der Wohnung gefragt hatte. Sie hatte ihm gleich die Hand hingestreckt.

Er dachte daran, wie sie gelegentlich nach Geld für Zigaretten gefragt hatte, wie sie auf der Couch saß und die Unterwäsche der Familie flickte.

»Sie war ne gute Frau«, sagte Herr Lindner und hob sein Glas. Alle prosteten ihm schweigend zu. Der Wirt trank ein Gläschen mit und schenkte dann allen nach.

»Nich vor die Kinder«, sagte ihre Schwester, die schon das Glas bereithielt.

»Aber getrunken hatse doch gern, als se jung gewesen war, da wurde sie richtig keß«, sagte Herr Lindner und wischte sich übers Gesicht. Die anderen nickten. Odefey entdeckte in der hinteren Ecke den Duke und Ralle. Der Duke trug seinen schwarzen Ledermantel und eine Sonnenbrille. Die beiden nickten Odefey zu.

»Gern gesungen hatse auch«, sagte Frau Pilarski, während ihr Mann sich das dritte Glas genehmigte, »unten auf dem Hof haben wir früher oft gesungen, ›Theo, wir fahrn nach Lodz‹ und so, war schön jewesn, so zusammen.«

Eine Stille trat ein. Jessica hatte den Kopf auf die Arme gestützt und begann zu summen, eine ganz einfache Melodie. Odefey brauchte eine Weile, bis er sie erkannte, da summten die meisten schon mit. Herrn Lindner standen die Tränen in den Augen, als er den Kopf zur Decke hob und mit zittriger Stimme sang: »Do not forsake me, oh my darling.« Die Rührung übermannte ihn, er schloß die Augen, über seine Wangen flossen Tränen.

»Jetze heult der ooch noch«, sagte Herr Pilarski halblaut. Seine Frau stieß ihn an: »Jetz benimmste dir aber!«

Die anderen sangen das Lied weiter, alle kannten es. Odefeys Nachbar flüsterte ihm zu: »Det war ihr Lieblingsfilm jewesen, da hatse ihren Männe zum ersten Mal jeküßt, in Kino.«

Der Duke und Ralle sangen nicht mit, sie betrachteten Herrn Pilarski, der sich eifrig vom Sliwowitz nachschenkte. Wenn seine Frau die Hand über sein Glas hielt, schob er sie weg. »Nu is aber jut, Manfred«, sagte sie bittend, doch er war schon zu betrunken, um auf sie zu hören. Der Wirt brachte Bier und Würstchen. Er stellte die Jukebox an, Johnny Cash sang, dann Dolly Parton, Gunter Gabriel, Frank Zander. Es wurde gemütlich, die Leute unterhielten sich, auch Herr Lindner hatte sich wieder gefangen. Er nickte seiner Schwägerin zu, die mit allen Kindern aufbrechen wollte. »Wir bleiben noch ein bißchen«, sagte er zu Jessica und Benny, »man möchte nich alleene sein jetze.«

Odefey merkte, daß er allmählich betrunken wurde. Wenn er aber Herrn Pilarski ansah, machte er sich Sorgen, wie der Abend für ihn enden sollte. Der Hauswart hatte sich in eine gehässige Laune hineingetrunken und gab nach allen Seiten abfällige Kommentare von sich. Seine Frau war von ihm abgerückt und unterhielt sich mit Tobias, einem schwäbischen Studenten, der im letzten Monat in den ersten Stock im Hinterhaus eingezogen war. Odefey hatte die beiden schon an der Teppichstange gesehen, sie schienen sich zu mögen. Herr Pilarski verfolgte die Unterhaltung der beiden mit offenem Mund.

»Wat solln det werdn, wenns fertich is?« fragte er langsam. Seine Frau klopfte beschwichtigend seinen Arm. »Ach, ick flörte nur etwas mit dem jungen Mann.«.

Herr Pilarski nickte, überlegte, nahm einen Schluck Bier, nickte wieder. »Also knutschn könnta, aba keen Verkehr, det seh ick nich so jerne.«

Frau Pilarski tat, als hätte sie ihn überhört, und wandte sich wieder Tobias zu, der ihr Häkelkleid bewunderte.

»Nich so wie die Lindner, die im Suff jedn ranjelassn hat«, sagte Herr Pilarski etwas lauter und nahm noch einen Schluck. Herr Lindner ballte die Fäuste, schob den Stuhl zurück und stand auf. Der Hauswart sah ihn seelenruhig an. Doch Herr Lindner warf ihm nur einen kurzen Blick zu und drückte sich die Stuhlreihen entlang in die hintere Ecke, wo der Duke und Ralle saßen. Sie nickten ihm zu, schüttelten ihm die Hand, der Duke nahm sogar seine Sonnenbrille ab, als sie sich kurz unterhielten.

_53_

Der Sliwowitz auf leeren Magen setzte Odefey so zu, daß er sich später nur bruchstückhaft an den Verlauf des Abends im »Ambrosius« erinnern konnte. Erst auf dem Heimweg über die Sonnenallee wurde er wieder klarer. Er ging gemeinsam mit Herrn Lindner, Frau Pilarski und den anderen Nachbarn, es war spät geworden, weit nach Mitternacht. Meentje hatte sich längst verabschiedet. Auch der Duke und Ralle waren verschwunden.

Odefey fiel ein, daß Ralle am Pinkelbecken neben ihm gestanden und nach seinem Kellerschlüssel gefragt hatte. »Wir müßten mal eben was bei dir unterstellen«, sagte er wohl, »kriegst den Schlüssel gleich zurück, dauert nur ne Viertelstunde, Alter, ist wichtig.« Jedenfalls hatte er den Schlüssel auch wiederbekommen, er tastete jetzt danach. Die frische Luft tat ihm wohl.

Die Luft im Hinterzimmer des Lokals war schwer gewesen von Zigarettenrauch, Musik und Schweiß. Einmal hatte er den Duke und Ralle im Gespräch mit Herrn Pilarski gesehen, vorne am Tresen hatten sie auf ihn eingeredet, zur Tür gewiesen, und der Hauswart hatte immerfort wissend genickt, wie Betrunkene eben nicken. Im Hinterzimmer tanzten einige, auch Odefey hatte mit Meentje getanzt. Frau Pilarski unterhielt sich ausführlich mit Tobias, und da ihr Mann nicht mehr da war, tanzte sie auch mit dem jungen Mann. »Der Pilarski hat 'n polnischen Abgang jemacht«, vermutete einer der Nachbarn. Der Duke und Ralle saßen wieder in der Runde und tranken mit Herrn Lindner.

Als sie das Haus erreichten und noch eine Weile im Hinterhof zusammenstanden, wunderte sich Frau Pilarski doch, daß oben in ihrer Wohnung kein Licht brannte. »Der geht doch nie ohne mich schlafen«, sagte sie leicht gekränkt. Dafür kamen die Celebis herunter, sie rangen verstört die Hände, es hätte jemand geschrien, sagten sie. »Viel geschrien«, wiederholte Herr Celebi, »unten.« Seine Frau nickte unruhig, sie wollten keinen Ärger, doch die Sache machte ihnen Sorgen. Man glaubte ihnen nicht. »Wer soll denn hier schreien, außer die Säufer vom Hinterhaus, aber die sind auf Montage«, sagte Herr Hähnig.

Doch als man sich verabschiedete und es einen Moment lang still wurde, waren tatsächlich Schreie zu hören, die von unten her kamen, auch ein dumpfes Poltern.

»Da randaliert wer«, sagte Herr Hähnig, »man müßte die Polizei holen.« Man lauschte noch eine Weile, und da die Schreie nicht aufhörten, sondern eher wütender wurden, stimmte man seinem Vorschlag vorsichtig zu. »Wer ist denn so blöd, im Keller zu randalieren?« fragte Herr Löhmer.

»Also ich gehe da nicht runter«, sagte Frau Pilarski entschieden, und auch Tobias neben ihr, der sonst gern zu Diensten war, zeigte wenig Einsatzwillen.

»Jetzt wäre Ihr Mann gefragt«, sagte Herr Steinicke, »aber der schläft sicher schon.«

Man kam überein, die Polizei zu rufen, es handelte sich schließlich um nächtliche Ruhestörung, auch die Mieter vom Nebenhaus streckten mittlerweile neugierig die Köpfe aus den Fenstern.

Die Beamten kamen nach einer Viertelstunde. Die Hauswartsfrau händigte ihnen einen Kellerschlüssel aus, sie öffneten die Tür. Prompt verstärkten sich die Rufe. Die Polizisten zögerten. »Kann uns da jemand den Weg zeigen?« fragten sie unwillig, doch alle Mieter sahen betreten zu Boden.

»Hört sich an wie wildes Tier«, murmelte Herr Celebi. Die Polizeibeamten kamen bald zurück. »Wir müssen ein Schloß aufbrechen, da ist jemand eingesperrt, der ist völlig von Sinnen«, sagte einer, »so was ham wa auch noch nicht erlebt.« Sie holten eine mächtige Blechschere aus dem Wagen und verschwanden wieder im Keller.

Die Hauswartsfrau schrie auf, als in der nächsten Minute eine Gestalt die Kellertreppe heraufgestürmt kam, die sich als ihr Mann erwies. Herr Pilarski war nackt, seine schweißnasse Haut fleckig vom Kohlenstaub, es schien, als hätte er seinen Bauch im Briketthaufen gewälzt. Er ähnelte einem germanischen Berserker, als er direkt auf Odefey losging.

»Det zahl ick dir heim, du Sau«, brüllte er mit heiserer Stimme. Ein Polizeibeamter warf sich auf ihn, der andere kam mit einem Haufen Kleidungsstücken eben die Treppe hoch. Auch die Mieter warfen sich auf Herrn Pilarski, der nach allen Seiten hin austeilte, aber unter der Wucht der Leiber über ihm schließlich tobend zu Boden ging.

Odefey wußte von nichts. Er konnte den Polizeibeamten, die nun mißtrauisch nachzufragen begannen, was denn eigentlich los gewesen wäre, glaubhaft versichern, er wäre die ganze Zeit im »Ambrosius« gewesen. Die anderen bestätigten seine Angaben. »Der war dagewesen, den ganzen Abend!« nickten sie.

Tatsächlich wußte auch Herr Pilarski, als man ihn befragte, nicht mehr ganz genau, wie er in den Keller geraten war, er beschuldigte weiterhin Odefey, beruhigte sich aber allmählich, und man ließ ihn los. Der eine Polizist gab ihm seine Kleidungsstücke, seine Frau führte ihn nach oben, ihr war die Angelegenheit sichtlich peinlich. Die Polizeibeamten standen noch eine Weile mit den Mietern im Hof und kratzten sich die Köpfe. »Da können wir nicht viel tun«, sagten sie, »wie soll man da ermitteln?«

Odefey drückte Herrn Lindner zum Abschied die Hand und stieg die Treppen zu seiner Wohnung hoch. Der Mond stand über den Dächern. Odefey sah hinunter in den Hof, wo Herr Lindner noch lange auf und ab ging, eine Zigarette nach der anderen rauchte und sich am Kopf kratzte, er traute sich nicht in seine leere Wohnung.

_54_

Meentje wartete am Nachmittag auf Odefey. Er hatte ihr den zweiten Wohnungsschlüssel gegeben und liebte es, wenn er vom Taxifahren kam und sie da war. Seit zwei Wochen fuhr er wieder, die Geschäfte gingen gut, Mischnik war froh, daß er wieder zur Mannschaft gehörte. Auch mit dem Fotografieren hatte er wieder angefangen. Die neue Mittelformatkamera lag ihm, er ließ sich mehr Zeit und konnte mit ihr unauffälliger arbeiten.

Meentje war da. Sie hatte Mandelhörnchen vom Bäcker geholt und Tee gekocht. Die Fenster standen weit offen und ließen die warme Mailuft herein, das leise Rauschen der Blätter des Baumes im Hof, die hellen Stimmen der türkischen Kinder, die unten spielten. Meentje und Odefey setzten sich auf den dunkelgrünen Fußboden, tranken Tee und rauchten. Odefey legte seinen Kopf in ihren Schoß. Sie fuhr mit den Fingern durch sein Haar und schaute ihn lange an. Er mochte es, von ihr angeschaut zu werden, er mochte den Geruch ihres Hemdes, ihre schlanken Finger, ihre Schultern, ihr Atmen, ihr Zögern, wenn sie etwas sagen wollte. Er war zufrieden mit dem Geld, das er heute verdient hatte, und streckte sich wohlig aus. Meentje rauchte und kaute an ihren Fingernägeln.

»Ich glaube, ich bin schwanger«, sagte sie leise, mit gesenktem Gesicht. Sie schaute ihn kurz durch ihre Haarsträhnen an und biß weiter auf den Fingernägeln herum.

Odefey brachte kein Wort heraus. Er setzte sich auf. Das Fenster klapperte im leichten Wind und ihm war plötzlich kühl. Meentje schaute ihn wieder von unten her an. »Ich dachte, ich sag es dir. Ich bin drei Wochen über die Zeit, und heute war ich in der Apotheke und hab mir einen Test geholt. Und ich bin schwanger.« Ihre Stimme war vorsichtig wie ihr Blick. Odefey sah, daß sie sich wünschte, in den Arm genommen zu werden, doch er war wie eingeschnürt.

»Du bist schwanger«, wiederholte er. Sie nickte und kaute nachdenklich auf ihren Nägeln herum. Sie sah klein und kindlich aus, wie sie so im Nachmittagslicht auf dem Boden saß, ihr braunes Haar verdeckte das Gesicht, und ihre Stimme tastete sich allmählich vor, als habe sie lange darüber nachgedacht.

»Ich möchte gern mit dir zusammen sein«, sagte sie, »und wenn du es nicht haben willst, dann muß ich es nicht kriegen.«

Sie schwieg eine Weile, als müsse sie einen neuen Anlauf nehmen. Ihre Stimme war kaum noch zu hören. »Aber wenn du es auch haben möchtest, dann will ich es gern kriegen.«

Sie schwieg. Sie schaute ihn nicht an. Odefey wußte, daß sie auf eine Antwort wartete, es fiel ihm aber nichts ein. Das Schreien eines Babies im Winter fiel ihm ein, die Kinderwagen auf der Straße, die übernächtigten Gesichter der Mütter. Das Standesamt in der Weserstraße fiel ihm ein, an dem er manchmal vorbeikam, wenn dort Hochzeit gehalten wurde, die Braut hatte oft ein Kind auf dem Arm, und der Bräutigam stand mit starrem Lächeln daneben. Die Kinder von Lindners fielen ihm ein, wie sie auf der Couch vor dem Fernseher saßen. Und das Zimmer seines Vaters fiel ihm ein, in dem er früher gesessen hatte, nachdem sein Vater fortgegangen war, er war zwölf gewesen, hatte die Schubladen durchsucht, mit der Papierschere gespielt und alle Briefe, die er fand, zerschnitten. Die Nächte mit Meentje fielen ihm ein, ihre kleinen Brüste, ihr verschwitztes Haar, ihre Zähne auf seiner Haut.

Der Maiwind kam von draußen herein, es dämmerte allmählich, Meentje wartete. Odefey atmete aus.

»Ich glaube, ich kann das nicht«, sagte er und schämte sich. Er legte eine Hand auf ihre Schulter, sie ließ es geschehen.

»Ist gut«, sagte sie.

»Ich kann das nicht«, sagte er auch zwei Tage später, als sie bei einer Ärztin zum Beratungsgespräch saßen. Die Ärztin schaute ihn von fernher an. Meentje sagte nicht viel. »Wenn er es nicht möchte, dann will ich es auch nicht«, sagte sie und bekam den Schein. Odefey wunderte sich, daß sie so gelassen war, und wollte sie am Abend ins Kino einladen, doch sie wollte schlafen gehen, sie war müde.

_55_

Der Juni kam, und der Himmel über Neukölln war ständig blau. In den Straßen atmeten still die Kastanien und Linden. Die Kinder hatten Schulferien und spielten auf den Gehwegen, in den Hinterhöfen, am Landwehrkanal.

Die Verkäuferinnen in der Bäckerei Nowak wedelten die Wespen vom Butterkuchen weg. »So viele wie in diesem Jahr gabs noch nie«, schimpften sie, »det is 'ne richtige Plage!« In den Seitenstraßen bastelten die Jugendlichen an ihren Mopeds, ihre Freundinnen saßen rauchend auf den Stufen der Hauseingänge und warteten. Aus vielen Fenstern drang Musik. Wer einen Balkon hatte, saß den Tag über draußen und betrachtete das Treiben auf der Straße. Wer eine Laube hatte, zog am Wochenende in die Kolonie.

Der Heftromanhändler in der Sonnenallee stellte einen Wäschekorb mit Landser-Heften und Angélique-Romanen auf den Gehweg vor seinem Geschäft. Die Neuköllner standen Schlange beim Eismann in der Karl-Marx-Straße. Sie saßen im Columbiabad auf Handtüchern, die ganze Familie. »Pass uff de Wespen«, rief eine Mutter ihrer Tochter zu, und als das kleine Mädchen nach einem Wespenstich kreischend zu ihr zurückgelaufen kam, nickte sie nur: »Ha ick doch jesacht, du Trampel, pass uff de Wespen uff!«

Abends liefen einige Männer unauffällig zur Pigalle-Bar in der Friedelstraße, dort arbeitete eine Neue, aus Polen. Auf den Bänken in der Hasenheide, im Körnerpark saßen die Liebespaare und knutschten, und die Tage und Nächte rollten langsam dahin wie Groschen, die man über einen Tisch laufen läßt.

Herr Lindner arbeitete nicht mehr. Er saß am geöffneten Fenster und schaute mit trüben Augen auf die Passanten, auf die Autos, die über die Kreuzung kamen. Man hörte das Klirren der leeren Bierflaschen, die er in den Kasten zurückstellte. Dreimal in der Woche ging er in den Supermarkt Condi und kam mit zwei neuen Kästen zurück. Nachts spielte er immer wieder das Lieblingslied seiner Frau: »Do not forsake me, oh my darling ...« Seine Schwägerin besuchte ihn mit Jessica und Benny, sie putzten seine Küche, sie nahmen ihn auch mit in den Zoo, doch er lief mit gesenktem Kopf neben ihnen und redete wenig, und wenn sie sich verabschiedeten, weinten die Kinder. Herr Lindner steckte nur die Hände in die Hosentaschen, ging in die Küche und holte sich das nächste Bier. Samstags luden die anderen Mieter ihn ein, wenn sie ihre Klappstühle in den Hof stellten und den Nachmittag hindurch Karten spielten, während sie mit halbem Ohr die Bundesligakonferenzschaltung verfolgten. Herr Lindner winkte ab, er saß lieber allein.

Herr Pilarski hatte sich einen Hund zugelegt, einen Pitbull mit kurzem hellen Fell, Mirko. Seine Frau ängstigte sich vor dem Tier. Er selbst hatte Mühe, den Hund zu erziehen, dessen Kraft unbändig schien, und die Mieter wichen zurück, wenn Mirko von der Leine gelassen wurde. Das gefiel Herrn Pilarski, der mit durchgedrückten Knien in der Mitte des Hofes stand und Mirko knappe Befehle erteilte, die dieser weder verstand noch befolgte. »Wirst du wohl! Komm her hier!«

Mirko strotzte vor Kraft. Aus dem Stand sprang er an den Boxsack an der Teppichstange und verbiß sich minutenlang in dessen Lederhaut. Herr Pilarski mußte ihn scharf mit der Leine schlagen, damit er vom Sack abließ. Am meisten Angst vor Mirko hatte der schwäbische Student Tobias, der frühmorgens mit einem billigen Diplomatenkoffer zur Uni aufbrach und abends spät zurückkam. Wenn Herr Pilarski im Dienst war, kam die Hauswartsfrau gern noch auf einen Sprung bei Tobias vorbei, und Mirko knurrte stundenlang in der verlassenen Wohnung.

_56_

Meentje weinte die ganze Nacht. Sie lag mit dem Rücken zu Odefey, und er spürte, wie ihr Rücken bebte. Er legte eine Hand auf ihre Rippen, und sie zuckte zusammen, als wäre es die knochige Hand eines Fremden. Ganz still lag sie da. Dann streifte sie seine Hand ab, setzte sich auf die Bettkante und tastete nach den Zigaretten und ihrem Feuerzeug.

Sie rauchte zum Fenster hin, und zwischen den Zügen knabberte sie an den Fingernägeln. »Die Ärztin hat gesagt, du sollst nicht rauchen, wegen der Narkose«, sagte er leise. »Nur die eine«, sagte sie und drückte die Zigarette nach der Hälfte aus.

Dann lag sie wieder im Bett, das Gesicht zur Wand gekehrt. Das Schweigen lastete auf ihnen. »Ich kann das nicht«, flüsterte sie schließlich, »die sollen nicht in mir rumschneiden.«

Odefey wußte keine Antwort. Wieder legte er seine Hand auf ihre Seite, und diesmal blieb sie dort liegen, als wäre Meentje zu müde, sie zu beachten.

Nach einer Stunde rauchte sie die nächste Zigarette, und er saß neben ihr auf der Bettkante. Sie trank ein Glas Wasser und legte sich wieder hin. Er blieb sitzen und hörte ihr stilles Weinen.

Der Morgen kam sehr blaß über die Dächer, im Baum des Hofes regten sich die Amseln und Drosseln. Meentje lag im Bett und hielt ihren Bauch, sie war eingeschlafen. Odefey schaute sie an. Wie ein Kind lag sie da, die Nase ganz klein, die Lider vertrauensvoll geschlossen, ihre Wangen noch rosig vom Weinen und der Mund, die schön geschwungenen Lippen leicht geöffnet. Er fühlte sich alt und verdorben.

Er wußte, er würde sie wecken, wenn die Zeit gekommen war, aufzustehen und nach Steglitz zu fahren. Die Amseln zwitscherten schon lauter, ein Schwarm Spatzen schwirrte in den Hof, in den

Wohnungen gegenüber schrillten schon die ersten Wecker. Er hörte das Pfeifen von Wasserkesseln, und es war ihm ein Geräusch aus einer fernen Welt, der er vor langer Zeit angehört hatte.

Als der Wecker klingelte, war er selbst eingeschlafen. Meentje war sofort wach und zog sich an. Auf dem Weg zur U-Bahn rauchte sie, er ging neben ihr und sagte nichts. Sie sagten beide kein Wort, als sie in der U-Bahn saßen, an der Berliner Straße umstiegen Richtung Steglitz, sie saßen nebeneinander und waren einsam. Vor der Klinik rauchte sie noch eine Zigarette. Dann gingen sie hinein.

Es gab Ärger, als die Narkoseschwester sich erkundigte, ob sie gegessen oder geraucht hätte, und Meentje bejahte. Die Narkoseschwester wies sie auf die Gefahren hin, dann schüttelte sie den Kopf und sagte: »Ach, ist ja nun auch egal.«

Sie zeigte Meentje den Raum mit ihrem Bett. »Dann ziehen Sie sich mal hier aus, es geht dann auch bald los.« Meentje lehnte sich kurz an Odefey. »Du mußt dasein, wenn ich aufwache, du mußt dasein, sonst bring ich dich um«, flüsterte sie, und er konnte nur nicken.

Auch für ihn gab es ein Wartezimmer, er saß dort mit drei anderen Männern. Man schaute sich nicht an. Jeder wußte vom anderen, daß seine Frau oder Freundin dort drüben lag und auf den Eingriff wartete. Jeder hatte seine Gründe dafür. Odefey schienen sie, wenn er darüber nachdachte, immer fadenscheiniger zu werden. Die Männer lasen in den bereitliegenden Zeitschriften oder starrten in die Luft. Im Gang quietschten Birkenstocksandalen. Nebenan weinte eine Frau. Der erste Mann wurde aufgerufen, er stand auf und ging, ohne die anderen anzusehen.

Als Meentje aus der Narkose erwachte, schwitzte sie heftig und schlug um sich. Odefey erschrak über die Wut, die unvermittelt aus ihr hervorbrach. Sie schien mit Dämonen zu kämpfen, die mit finsterer Kraft an ihr zerrten. Erst als sie allmählich klarer wurde, beruhigte sie sich und begann zu weinen. Sie brauchte lange, bis sie aufstehen konnte. »Aber eines weiß ich«, flüsterte sie, »das mache ich nie wieder.«

_57_

Die Sommerhitze stand in Neukölln, tagsüber waren die Wohnungen mit Laken verhängt, nachts standen alle Fenster offen. Meentje blieb die ersten Tage im Bett. Odefey brachte ihr Wasser, Obst und Zeitungen. Meentje trank das Wasser, aß einen halben Apfel, die Zeitung ließ sie liegen.

Sie redete wenig, und er machte sich Sorgen. »Was kann ich denn für dich tun?« fragte er. »Weiß nicht«, sagte Meentje. Sie lag von ihm abgewandt. »Mir tut alles weh.« Ihr stand ein kühler Schweiß auf der Stirn. Wenn Odefey nach ihrer Hand tastete, zog Meentje sie zurück. »Mir ist kalt«, sagte sie. Draußen regte sich kein Windhauch.

Der Hauswart spritzte morgens und abends mit dem Gartenschlauch den Hof, seit Tagen trug er nichts weiter als eine knappe Badehose. Er spielte stundenlang mit Mirko, der nach dem Wasser gierte. Odefey stand am Fenster und erzählte Meentje vom Hauswart. Sie wollte es nicht hören. Er dachte sich kleine Geschichten aus, die sie aufheitern sollten. Sie lachte nicht. Ihm schien es, als würde sie nie wieder lachen. Sie war unruhig in den Nächten, träumte heftig und trat das Laken von sich. Doch wenn Odefey sie in den Arm nehmen und trösten wollte, wurde sie starr. »Meentje, was ist denn nur?« fragte er bestürzt. »Weiß nicht«, sagte sie und schaute ihn nicht an.

Er fragte sich, wann sie ihm zuletzt in die Augen geschaut hatte, und wußte es nicht mehr. Wenn er auf dem Bettrand saß und auf ihren Blick wartete, sah sie an ihm vorbei. Er verstand nicht, was mit ihnen geschah. Sie schienen eingesperrt zu sein im Zimmer, verurteilt zu einer Strafe, die verhängt, aber nicht ausgesprochen war.

Einmal brachte er ihr Wasser, sie nahm das Glas aus seiner Hand und sagte verwundert: »Du riechst so komisch.« Er dachte sich nichts weiter dabei. Abends wusch er sich an der Spüle in der Küche. Doch Meentje wich weiter vor ihm zurück. »Ich weiß nicht, was es ist, ich mag dich nicht mehr riechen«, sagte sie.

Odefey kam nicht mehr in ihre Nähe. Das war am dritten Tag, und in der Nacht hörte er sie weinen.

Am nächsten Morgen stand sie auf, ging langsam in die Küche, wusch sich an der Spüle und zog sich an. Odefey wurde wach vom Rauschen des Wassers und atmete innerlich auf. Es geht ihr besser, dachte er, es wird wieder. Sie holte sich ihre Sachen aus dem Zimmer und lächelte ihn unsicher an. »Ich geh mal runter«, flüsterte sie, als schliefe er noch, »es ist so frisch draußen.«

Odefey setzte sich auf. »Soll ich mitkommen?« fragte er. »Wir können einen Kaffee trinken gehen, wenn du magst, irgendwas frühstücken, zum Schlachtensee rausfahren.« Meentje schüttelte den Kopf. »Nein, ich will nur mal gehen und allein sein.«

Später rief sie aus ihrer Wohnung an. Odefey hörte durch das Telefon die Vögel in ihrem Hinterhof zwitschern, ein Lied aus dem Radio, Meentjes Stimme klang munter. »Ich hab gelüftet und die Post rausgeholt, ich hatte völlig vergessen, daß ich eine Wohnung habe«, sagte sie und lachte. Er war erleichtert, daß sie in guter Laune war. »Soll ich vorbeikommen?« fragte er. »Nein, ich bin gern hier allein«, sagte sie. »Du hast dich soviel um mich gekümmert, du kannst dich ausruhen.« Er hörte Kindergeschrei von ihrem Hof her. »Ich bin froh, daß es dir besser geht«, sagte er noch. »Ja, ich eigentlich auch«, sagte sie zögernd, und ihre Stimme klang ungewohnt höflich.

Sie rief zwei Tage lang nicht an. Odefey wollte ihr die Zeit lassen. Er mußte viel arbeiten, die meisten von Mischniks Taxifahrern waren im Urlaub, und er war froh, daß er sich mit dem Fahren ablenken konnte. Am zweiten Abend saß er mit Herrn Lindner vor dem »Ambrosius«. Für die Nacht waren Gewitter angekündigt. Herr Lindner schwitzte stark, und Odefey spürte plötzlich, wie sehr ihn der Männergeruch ekelte.

Er dachte an Meentje. Sie roch so gern an allen Dingen, am frischen Brot, an Birnen, an Blüten, sie schnupperte an einem neuen Buch, an ihren Kleidern, am frischen Teer, der auf die Hermannstraße geschüttet wurde. »Am meisten mag ich, wie du riechst«, hatte sie einmal im Bett gesagt. Odefey hatte sich gewundert. »Wie rieche ich denn?« Meentje war rot geworden. »Wie der tollste Mann der Welt.«

Das war drei Monate her. Jetzt sah er auf die Sonnenallee, in die Friedelstraße hinein, die zur Sanderstraße führte, wo Meentje nun schlief, und fühlte sich einsam.

_58_

Odefeys heimliche Unruhe wuchs. Es war Samstag. Seit Tagen hatte er Meentje nicht gesehen. Sie ging nicht ans Telefon, wenn er anrief. Sie war auch nicht in der Sanderstraße, als er dort klingelte. Er lief weiter durch die Straßen, bis er zum Hermannplatz kam.

Vor dem »Sector«, der einzigen Neuköllner Diskothek, standen Gruppen von Jugendlichen. Odefey wollte vorbeigehen und hörte seinen Namen rufen, er entdeckte Ralle und den Duke neben dem Eingang. Der Duke stand in seinem schwarzen Mantel, an seiner Seite eine dunkelhaarige Frau, die auf ihn einredete. Wie verwandelt wirkte der Duke. Odefey hatte ihn niemals lächeln gesehen, jetzt aber kicherte er bei jedem ihrer Sätze und beugte sich zu ihr herunter, um ihr etwas ins Ohr zu flüstern.

Ralle fühlte sich überflüssig, er hängte sich an Odefey. »Laß uns reingehen, Alter, ich brauch ne Frau, und dir mach ich auch eine klar.« Er trug sein bordeauxfarbenes Jackett und schob die Ärmel hoch, als sie an der Kassse standen. Odefey bemerkte den durchdringenden Geruch, der Ralle umgab, und verzog das Gesicht. Ralle lüftete vielsagend seine Achselhöhlen. »Pheronome«, sagte er und entblößte seine Vorderzähne. »Riecht wie Sau, Alta, weeß ick doch selbst. Aber nur für Männer. Frauen werden von diesen Duftstoffen angelockt, verstehste, unwiderruflich zu mir hingezogen, det is wissenschaftlich erwiesen.«

Ralle fühlte sich in den Räumen der Disko sichtlich wohl. Er schob seine Brille ins spärliche Haupthaar und grüßte nach rechts und links, deutete mit dem Zeigefinger auf einen Bekannten, trat dort zu einer Gruppe von Bekannten mit erhobenen Armen, die Finger zum V-Zeichen gespreizt. Er streifte an den Leuten entlang, als überprüfte er die Bestände seines Trödelladens.

Sie standen mit einem Bier an der Tanzfläche, auf der sich die Leute in flirrenden Lichtpunkten drängten und zu einer dunkel schlingernden Musik bewegten. Die Frauen trugen lange Shirts mit Fledermausärmeln und breite Gürtel, die locker auf ihren Hüften hingen. Ralle deutete mit der Bierflasche auf eine Blondine und nickte Odefey siegessicher zu. »Die Alte da, die hat schon Witterung aufgenommen, unbewußt, verstehste, die weiß es noch gar nicht, aber ich bin schon so gut wie drin.«

Er schlenderte in ihre Nähe, stellte sich neben sie, die ihn um eine Kopfeslänge überragte, und nahm einen langen Schluck aus der Flasche. Sie rückte zur Seite, als er sie ansprach, und schüttelte den Kopf. Als er ihr eine Hand auf den Arm legte, ging sie auf die Tanzfläche. Ralle folgte ihr. Seine Tanzschritte trafen nur selten den Rhythmus der Musik, dafür waren die ruckartigen Bewegungen seines Beckens, mit denen er sich der Blondine näherte, unmißverständlich.

In der Mitte der Tanzfläche fiel ein Paar auf, das einen raumgreifenden Diskofox tanzte. Die beiden pflügten durch die anderen Tanzenden hindurch, als seien sie allein im Raum, beide lächelten versonnen, die Frau stieß gelegentlich spitze Schreie des Entzückens aus. Odefey erkannte Susanne und erinnerte sich an Gernot, ihren Tanzlehrer und unsteten Liebhaber. Offenbar hatten die beiden wieder zusammengefunden. Er winkte ihr kurz zu.

Susanne unterbrach sofort den Tanz, stieß einen Jubelschrei aus und schlang die Arme um Odefey. Sie stellte ihm Gernot vor, der Odefey eine weiche, schlaffe Hand reichte und seine Blicke wieder der Tanzfläche zuwandte. Ralle beschäftigte sich unterdessen mit einer anderen Frau. Er zeigte ihr seine Zuneigung, indem er ihr Becken umklammerte und seine Schenkel daran rieb. Sie versuchte vergeblich, ihn abzuschütteln, indem sie sich drehte und wand. Offenbar verstand er diese Bewegungen als vorgeschobene Schüchternheit, mit der sie ihre wachsende Erregung zu verbergen suchte.

Susanne lehnte sich an Odefey. »Du, ich bin wahnsinnig glücklich«, rief sie ihm ins Ohr. »Ich und Gernot, wir haben uns wieder gefunden und lassen uns ganz aufeinander ein, er will sich jetzt wirklich von Claudia trennen, und was machst du so?« Odefey lächelte unsicher. Dies war nicht der Ort, ihr von Meentje zu erzählen. Susanne schien ohnehin nicht auf eine Antwort zu warten, sondern genoß die Blicke der Männer, die sie bewunderten. Sie nahm Odefey das Bier aus der Hand, trank mit gespitzten Lippen einen Schluck und schaute sich unruhig nach Gernot um.

Er war auf die Tanzfläche zurückgekehrt und in einen langsamen, empfindsamen Tanz verfallen. Die Augen geschlossen, schüttelte er verträumt seine prachtvollen Locken. Einige Freundinnen am Rande tuschelten bereits und ordneten unauffällig ihre Haare. Odefey aber stockte das Herz, als er Meentje entdeckte, die klein und gedankenverloren im Hintergrund tanzte. Sie bewegte sich kaum und sah dabei so zart und durchsichtig aus, daß ihm die Tränen hochstiegen. Iggy Pop sang vom »Passenger«. Ralle ging von Frau zu Frau mit einem festen Lächeln im Gesicht, er spielte mit seinen Autoschlüsseln, wenn er sie ansprach, und rückte näher, wenn sie sich von ihm zurückzogen.

Gernot tanzte an Meentjes Seite. Odefey vermutete, daß er sich einige Jahre lang mit Ausdruckstanz beschäftigt hatte, denn seine schlängelnden Bewegungen wirkten, als werfe er Seidentücher über Meentjes Schultern. Sie schaute ihn verwirrt an. Der Diskjockey spielte Anne Clark, und Gernot schmiegte sich in stiller Hingabe an Meentjes Rükken. Sie wehrte sich vergeblich mit kurzen Stößen ihrer Ellenbogen nach hinten. Neben Odefey hatte Susanne zu weinen begonnen, als sie das Paar auf der Tanzfläche betrachtete.

Auch Ralle, der von seiner Jagd auf Frauen ausruhte, war empört. »So ein Fatzke!« schrie er Odefey ins Ohr. Dann reichte er Susanne ein zerknülltes Taschentuch, das sie mit dankbarem Lächeln nahm. Ralle glitt an ihre Seite, bot ihr eine Zigarette an und begann auf sie einzureden. Odefey konnte nicht verstehen, was er sagte, bemerkte aber das Kichern, mit dem Ralle jeden seiner Scherze begleitete und in das Susanne allmählich einstimmte.

Gernot war vergessen. Er tanzte nun, da Billy Bragg lief, im Diskostil auf Meentje zu, schob Luftmassen rechts und links zur Seite, wickelte ein unsichtbares Seil vor sich auf, schnippte wie in Ekstase in die Luft. Meentje gab auf, sie schlüpfte an ihm vorbei in die schwach beleuchtete Ecke der zweiten Theke. Odefey drängte sich an den Leuten vorbei, man rempelte verärgert zurück, alle strömten auf die Tanzfläche, weil der neue Hit von Tina Turner aufgelegt wurde, er kam nicht voran. Als er die Theke erreichte, war Meentje nicht mehr zu sehen. Er lief zur Garderobe am Ausgang, er lief auf die Straße. Die Augustnacht war lau und friedlich, doch Meentje fand er nicht.

_59_

Nachts lag Odefey wach und sehnte sich nach Meentje. Er lag schlaflos wie ein Hund, der auf seine Besitzerin wartet, der die Ohren spitzt, den Kopf hebt beim Schlagen der Hoftür unten, der schon zur Tür springen möchte, jede Faser seines Leibes angespannt, sie zu begrüßen. Dann erkennt er die Schritte des Nachbarn, der schwer und widerwillig die Stufen nimmt, mit seinem Schlüsselbund rasselt und vor sich hin brummelt, und der Hund legt seufzend den Kopf zwischen die Vorderpfoten und wartet weiter. Schlafen kann er nicht, er muß doch wach sein, wenn sie kommt. Er döst, er lauert auf jedes Geräusch im Treppenhaus, er zieht die Gerüche ein, die der Wind durch das halbgeöffnete Fenster trägt, er ist unruhig, jederzeit bereit aufzuspringen.

Meentje kam nicht. Odefey drehte sich im Bett herum, das Zimmer ärgerte ihn mit seiner geduldigen Leere. Wieder schlug unten eine Tür, Schritte kamen näher, er zuckte zusammen, hielt den Atem an und lauschte. Im zweiten Stock klappte eine Wohnungstür mit scharfem Knall zu. Das Haus war so hellhörig, daß er noch das Knarren der Zimmertür zwei Treppen tiefer hörte, das Aufschlagen der Schuhe auf dem Boden, als der Nachbar sich auszog. Im dritten Stock hustete einer der Männer im Schlaf, es klang verzweifelt und endlos.

Die Stille danach war nur noch schrecklicher für Odefey, nun schliefen sie alle, warm hingestreckt in ihren Betten, atmeten in ihren Wohnungen, in den Häusern der Fuldastraße, der Sonnenallee, in ganz

Neukölln. Irgendwo schlief auch Meentje, wenn sie jetzt nicht mehr kam. In dieser Stille war er ganz allein, so fern von Meentje, daß er nur flach atmen konnte, weiter warten mußte und bis zum Morgen keinen Schlaf mehr fand.

Manchmal zog er sich um halb drei, um halb vier wieder an und schlüpfte durch die muffig riechende Wohnung, vorbei an den Abfalltüten, die er vergessen hatte, nach unten zu bringen und in die Mülltonnen zu werfen, vorbei am Kleiderhaken im Flur, an dem noch eine Jacke von ihr hing. Er streifte sie, ein feiner Duft hing in ihr, der ihn an Meentje erinnerte, als hätte sie die Jacke erst gestern getragen. Seit fünf Tagen war sie nicht gekommen. Er tastete sich die Stufen im Treppenhaus hinunter, auf die Straße hinaus, die verlassen lag, und fragte sich, wo sie nur sein könnte.

Er lief den Landwehrkanal entlang, das Wasser lag schwarz und still, die Bäume troffen vor Nässe, in den Seitenstraßen waren alle Kneipen längst geschlossen. Er lief bis zur Sanderstraße, stand vor ihrem Haus, drückte die Tür auf und ging in den Hinterhof. Ihre Fenster waren dunkel. Ihr Briefkasten quoll über vor Reklamezetteln.

Odefey lief weiter bis zum Hermannplatz, er suchte in Hinterhöfen, fuhr nach Schöneberg mit dem Nachtbus und fand sie nicht. Um fünf Uhr kam er zurück und hoffte insgeheim, sie wäre inzwischen zurückgekommen und hätte sich in sein Bett gelegt. Doch sein Bett, sein Zimmer war leer, und er wußte nicht weiter.

Morgens begann das Husten des Nachbarn von neuem. Odefey hörte sein Bett knarren, als er aufstand, zur Spüle in der Küche tappte und eine Viertelstunde lang die schleimigen Rückstände aus seiner Kehle würgte. Odefey hörte das Weckerrasseln in den anderen Wohnungen, ein entferntes Tellerklappern, das Pfeifen eines Wasserkessels.

Dann schlugen die Türen im Treppenhaus. Die Mieter konnten die Türen nicht leise schließen, vor allem morgens nicht, wenn sie verschlafen aus ihren Wohnungen kamen. Sie zogen die Türen achtlos mit einem Ruck hinter sich zu, sie hatten es eilig, das Türenschlagen erschütterte das Treppenhaus bis hinauf zu Odefeys Wohnung. Er aber lag mit offenen Augen, die vor Müdigkeit brannten, und wartete weiter. Meentje kam nicht.

_60_

In einer dieser Nächte, da er draußen unterwegs war, kam ihm eine Frau entgegen, es war halb vier, sie hatte den Freitagnachtblick und lallte: »Hassu ma ne Ssigarette?«

Schwankend blieb sie vor Odefey stehen und streckte den Kopf herausfordernd vor, als wäre von ihm nur ein Kopfschütteln zu erwarten. Er holte seine Packung heraus und sah zu, wie sie mit gelblichen Fingern in der Schachtel herumfuhr, um zwei Zigaretten mitzunehmen. Dann spuckte sie seitlich aus. Odefey wußte, daß Neuköllner sich nicht bedanken, sondern jemanden, der seine Zigaretten herschenkt, für seine Dummheit verachten.

Er blieb unschlüssig stehen, als sie sich gegen die Hauswand lehnte und in ihrem Beutel nach einem Feuerzeug wühlte. Die Zigarette klemmte bereits zwischen ihren schmalen Lippen, sie stocherte ungeduldig im Beutel herum, ließ ihn dann, als wäre er ein bockiges Kind, von dem sie ein für alle Mal genug hatte, auf den Bürgersteig fallen, hockte sich hin und schaufelte mit beiden Händen die Innereien heraus. Ein Paar verknotete Leggings kam zum Vorschein, ihr Schlüsselbund klirrte auf das Steinpflaster, ein lila Portemonnaie, eine Dose Fischfutter, zwei Tampons, Lippenstifte, schließlich auch ein Feuerzeug, das eine kleine blaue Flamme gab.

Mit der linken Hand packte sie ihre Habseligkeiten wieder in den Beutel, mit der rechten hielt sie die Zigarette hochgestreckt wie eine Dame von Welt. Die Sachen fielen neben den Beutel, und sie sog an der Zigarette, als würde das Glimmen gleich aufhören, während ihre linke Hand schneller griff und sortierte und warf.

Dann kam sie aus der Hocke hoch, sah Odefey verächtlich an und fragte: »Na hasse dir mein Arsch anjekiekt, du Spanner?« Er schüttelte stumm den Kopf und wandte sich zum Weitergehen, als sie gegen die Hauswand taumelte und zu Boden ging. Ihr Beutel riß auf, die Sachen rutschten in den Rinnstein. Sie fluchte. »Helf mir ma hoch, Mann.« Er ging zurück, beugte sich zu ihr und versuchte sie hochzuziehen. Sie klammerte sich ungeschickt an seinen Hals, er roch ihren Schnapsatem, den Schweiß einer langen Kneipennacht und zerrte den Körper hoch, der steif und sperrig an ihm hing.

Ihre Füße fanden den Boden nicht, sie glitten immer wieder weg. »Mensch du tust ma weh, du Arsch!« schrie sie gegen seinen Hals. Die Weserstraße lag ruhig, ihre Stimme gellte an den Hausfassaden entlang. Als sie endlich stand, ließ sie Odefey nicht los, sondern griff nur fester nach ihm. »Bring ma nach Hause«, sagte sie erschöpft, »ick wohn Elbestraße, is nich weit, mach schon, ick muß pullern.«

Odefey lehnte sie an die Hauswand, lockerte ihren Griff und sammelte ihre Sachen aus dem Rinnstein zusammen, hängte ihr den Beutel um und hakte sie unter. So trug, schob und schleifte er sie über die Fuldastraße hinweg, die schwach beleuchtete Weserstraße entlang, bis sie die Elbestraße erreichten, deren Kopfsteinpflaster ihr schwankendes Gleichgewicht mit jedem Schritt gefährdete. Hinten kam ein Auto über die Sonnenallee, ansonsten war es völlig still, er hörte nur ihr Keuchen, Lallen und Flüstern an seiner Seite. Ihre Worte, Satzfetzen waren undeutlich, nicht zu ihm gesprochen, sondern zu einem größeren Publikum, das sie verachtete und dem sie sich trotzdem verpflichtet fühlte. »Die siebssehn da vorne«, sagte sie plötzlich und stieß ihn mit ihrer Hüfte in die gewünschte Richtung, »dritter Stock.«

Odefey mußte die Schlüssel aus ihrem Beutel holen und die Tür für sie aufschließen, wobei sie beinahe wieder gestürzt wäre, da sie sich gegen die Tür gelehnt hatte. Der Hausflur roch nach faulendem Obst und feuchtem Mörtel, die Treppenstufen waren rutschig, im zweiten Stock fehlte ein Stück vom Geländer. Er war erleichtert, als sie endlich ihre Wohnungstür erreichten. Diesmal nahm sie ihm den Schlüsselbund ab, stocherte mit dem einen, dann dem anderen Schlüssel im Schloß herum, »ej, ick muss ma pissen, jetz wirklich, wieso jeht det nich.«

In ihrer Ungeduld rutschte ihr das Schlüsselbund aus der Hand, zwischen ihre Füße, sie beugte sich schwankend danach, während sie die Schenkel zusammenpresste. Odefey hob die Schlüssel auf, obgleich sie vor Ärger nach ihm trat, eine Hand zwischen ihren Beinen.

Die Tür gab nach, sie fiel in den Flur und taumelte gegen Umzugskartons, aus denen Kleider und alte Plüschtiere schauten. Dann wandte sie sich zu Odefey, um ihm den Beutel abzunehmen, »hau ab, du Flasche«, ging wieder in die Hocke, »au Scheiße, ick muss pullern, du Arsch, helf mir doch mal«, sie wurde lauter und lauter, je unbezwinglicher ihr Drang wurde. Er nahm sie unter den Achseln hoch und schaute nach dem Klo.

Sie aber ließ sich wie ein Sack hängen und sagte nichts mehr, vermutlich genoß sie die Erleichterung, den warmen Strom an ihren Hosenbeinen entlang, den nun auch Odefey spürte und roch.

Er schleifte sie ins Wohnzimmer und legte sie auf die Schlafcouch, auf der zerwühltes Bettzeug lag. Eine Lavalampe gab ein undeutliches Licht. Von überall her starrten ihn die reglosen Augenpaare von etwa siebzig Puppen an. Sie waren nebeneinander aufgereiht auf den Fensterbänken, der Couch, der Anrichte, den Kartons.

In den Winkeln des Zimmers lagen Kleiderhaufen, aufgerissene Kartons, auf dem Fußboden Teller mit Essensresten. Die Frau ließ sich schwer ins Bett fallen, strich sich mit beiden Händen die nasse Hose entlang und lachte ein heiseres, verzweifeltes Lachen. »Jedet Mal, ej, jedet Mal, wenn ich ma trinke, so eine Sauerei.« Odefey murmelte einen Abschiedsgruß.

Dann sah er einen Jungen. Er konnte kaum älter als acht Jahre sein. Er war in einem Kleiderhaufen versteckt und sah Odefey durch seine dreckverklebten Haare an. Das Gesicht des Jungen war schmal und trotzig. Seine Knie hatte er hochgezogen.

»Hallo«, sagte Odefey verblüfft. Der Junge sagte nichts, sondern blickte zu Boden. Er trug eine Schlafanzughose und ein Alf-Hemd. Die langsam schlierende Form der Lavalampe veränderte das spärliche Licht im Zimmer. Die Frau lag quer über dem Bett und schnarchte. »Hast du auf deine Mutter gewartet?« fragte Odefey.

Er bekam keine Antwort. Er tastete sich zum Flur, ins Treppenhaus, schaute noch einmal zurück und sah den Jungen aufstehen und sich neben die Frau legen. Leise schloß er die Tür.

_61_

Einmal kam Meentje noch. Odefey hatte es aufgegeben, auf sie zu warten, und war eingeschlafen. Er wußte nicht, wie spät es war, als er plötzlich aufwachte. Draußen war alles dunkel, das ganze Haus schlief, und doch hörte er ihre

Schritte im Treppenhaus. So ging nur Meentje. Er spürte sein Herz gegen die Rippen schlagen.

Im Schloß der Wohnungstür knirschte der Schlüssel, er hörte ihre leisen Schritte im Flur. Nun kommt sie zurück, dachte er und wagte kaum zu atmen, hoffentlich träume ich nicht, vielleicht legt sie sich zu mir, vielleicht wird alles wieder gut. Sie kam ins Zimmer, und er wußte nicht, ob sie ihn im Bett sitzen sah.

»Meentje«, sagte er leise. Sie antwortete nicht. Im Dunkel des Zimmers hörte er sie suchen und kramen, das Rascheln von Papier, rutschende Bücher. »Meentje, sag doch was«, bat er, »wo bist du gewesen, ich hab so auf dich gewartet.«

»Schlaf weiter, ich hol nur ein paar Sachen«, erwiderte sie, ihre Stimme klang hell und hastig. Er war schon in der Bewegung, aufzustehen und zu ihr hinzugehen, er wollte sie berühren, sie um Verzeihung bitten, sie in den Arm nehmen, doch er hielt inne. Die Furcht davor, von ihr abgewiesen zu werden, war zu groß, und so blieb er sitzen.

Sie brauchte nicht lang. »Ich geh wieder«, flüsterte sie, »es tut mir leid.« Odefey schaute auf und sah ihre Gestalt näher kommen, sah ihr kleines Gesicht, das seltsam fahl wirkte, und wollte ihr entgegenkommen. Komm zu mir, dachte er, geh nicht wieder weg.

Doch sie legte nur die beiden Schlüssel zu seiner Wohnung auf den Boden und schob sie zu ihm hin. Dann drehte sie sich um, öffnete die Zimmertür und ging lautlos durch den Flur. Die Wohnungstür klappte, und ihre Schritte im Treppenhaus entfernten sich.

Da begann er zu fallen. Das Bett unter ihm gab nach. Er spürte den Boden unter seinen Füßen nicht mehr. Die Wohnung rutschte lautlos nach unten weg, das ganze Haus schien zu stürzen, tiefer und tiefer, das Viertel, der Bezirk, ins Bodenlose. Nichts hielt ihn, Odefey fiel und konnte nicht aufhören zu fallen, so sehr er sich auch wünschte, endlich aufzuschlagen, anzukommen, mochte es auch noch so sehr schmerzen. Das Fallen hörte nicht auf.

Er zwang sich aufzustehen und in die Küche zu gehen, um ein Glas Wasser zu trinken, eine Zigarette zu rauchen. Im Flur spürte er noch ihren Geruch, den Schatten ihrer Anwesenheit, doch das Treppenhaus war still, und über die Dächer gegenüber kroch das Licht des frühen Morgens. Sie wird nicht wiederkommen, dachte er und fiel unaufhörlich weiter.

_62_

Der September brachte Regen. Es regnete in den Oktober hinein. Es regnete im November. Meentje kam nicht zu ihm zurück.

Er lief durch die Straßen, seine Jacke naß, die Haare troffen, sein Gesicht glänzte, und im Rinnstein gurgelte das Wasser. Aus den Regenrinnen schwappte es, von den Hauswänden rann es herunter, die Autos spritzten es aus den Pfützen hoch. Man mochte einen Hund nicht hinausjagen bei solchem Regen, Odefey jagte sich selbst hinaus. Er drückte sich jeden Abend an den Hauswänden entlang, den Kopf zwischen den Schultern, den Blick auf das nasse Pflaster gesenkt, so lief er durch die Ossastraße, über die Pannierstraße, in die Bürknerstraße.

Stundenlang stand er in der Sanderstraße vor dem Haus, in dem Meentje wohnte, er wußte nicht, wie spät es war, er sah niemanden auf der Straße, die Geschäfte waren geschlossen, die meisten Fenster dunkel. Hinten auf dem Kottbusser Damm schoben sich vereinzelte Autos durch den Regenschleier. Er drückte auf die Klingel und erinnerte sich an die Tage früher, die Nächte, wenn er hier geklingelt hatte, er wartete auf das Summen, das ihn einlud, auf ihre helle Stimme. Er wartete. In seinen Schuhen stand das Wasser. Er wartete. Über seine Hände rannen die Tropfen.

Er stand vor der Haustür, es öffnete ihm niemand, er wartete. Ihm war nicht kalt, er dachte an ihr warmes Gesicht, über das eine dunkle Haarsträhne fiel. Er dachte an ihr Lächeln, das ihr Gesicht erhellte und die ganze Küche, ihr Lächeln, das ihm gegolten hatte, im Frühling, im Sommer. Er wartete. Der Regen leistete ihm Gesellschaft, und er begleitete Odefey auch wieder zurück in die Fuldastraße, Ecke Sonnenallee. Kalt und naß legte er sich ins Bett, zog Arme und Beine an seinen Leib und träumte von Meentje. Und am nächsten Abend war er wieder unterwegs in die Sanderstraße.

Herr Lindner machte sich Sorgen um ihn. »So jeht det nicht weiter, Mensch, du mußt was tun, du hängst nur rum«, sagte er, »jeh arbeiten.« Herr

Lindner fuhr wieder Taxi. Er sah am Wochenende seine Kinder. Er hatte sogar eine neue Bekannte, Frau Gerlach, die im »Salon Renate« tätig war.

»Üwonn heißtse«, sagte er vertraulich zu Odefey, und ein kleines Lächeln sprang über sein Gesicht. »Sie hat ihren Mann verloren, ick meine Frau, da muß man maln Strich drunter ziehen, bringt doch nischt. Alleene is Keese.« Er stieß Odefey aufmunternd an.

Und er hörte sich um, wo der junge Mann unterkommen könnte. Ralle und der Duke kannten von ihren Wohnungsauflösungen einen von der Firma Metschurat, der Container mit Schutt fuhr. Unten an der Sonnenallee wurden Häuser aus den dreißiger Jahren renoviert, die Baufirmen beschäftigten auch Studenten. Herr Lindner schob ihm einige Tage später die Telefonnummer über den Tisch. »Der Polier von einer Kolonne, der sucht noch einen. Da biste Abrißhelfer, det kann jeder, der ne Schubkarre halten kann. Hauptsache, du kriegst den Kopp frei.«

_63_

Anfangs konnte Odefey die Schubkarre nicht halten. Sie war gefüllt mit Schutt und Steinen, er sollte sie im bereitstehenden Container ausschütten. Zum Container hinauf führte eine Rampe aus Brettern. Die Rampe war schmal, die Schubkarre schwer, und Odefey dachte an Meentje.

Er rutschte auf halber Höhe auf den regennassen Brettern ab, mußte die Schubkarre loslassen, sie kippte seitwärts auf die Straße aus. Die Bauarbeiter, die vom Gerüst aus zusahen, faßten sich an den Kopf. Er schaufelte den Schutt zurück in die Karre und nahm einen neuen Anlauf. Die Karre war immer noch schwer, er zitterte vor Aufregung und Ärger und kam wieder nur bis zur Hälfte der Rampe. Immerhin gelang es ihm, die Schubkarre sicher wieder auf die Straße zu führen, und er nahm einen neuen Anlauf.

Seine Jacke war naß vom Nieselregen, sein Haar verklebt, die Arbeitshandschuhe paßten ihm nicht, er griff fester zu. Er nahm seine Kraft zusammen und stürmte mit der Schubkarre auf die Rampe los, erreichte in vollem Schwung den Rand des Containers, stellte die Karre hochkant, konnte sich selbst aber nicht mehr halten und taumelte mit der geleerten Karre in den halbgefüllten Container. Die Bauarbeiter grinsten.

Nun ruhten alle Arbeiten, wenn Odefey mit einer neuen Ladung aus dem Haus kam. Er füllte seine Karre nur zur Hälfte, um das Gleichgewicht besser halten zu können. Zwei Arbeiter hielten ihn an. »Langer, du mogelst«, sagten sie und packten ihm einige Steine obendrauf. Er nahm seinen Anlauf und steuerte auf die Rampe zu. Die Belegschaft hielt den Atem an. Der Asphalt war glatt vom Regen, die Rampe war rutschig vom aufgeweichten Mörtelstaub. Er verkantete die Karre schon auf dem ersten Drittel, konnte seinen Schwung nicht mehr abbremsen, stürzte über die Karre und mit ihr auf die Straße.

Die Arbeiter hatten ihre Freude an ihm, sie ließen ihn den ganzen Tag die Schubkarre zum Container fahren, schlossen Wetten ab, ob er es diesmal schaffen würde, und lachten aus vollem Hals, wenn er wieder und wieder an der Rampe scheiterte. Odefey geriet in eine graue Wut. Er faßte die Schubkarre fester, er fuhr sie die Rampe hoch, er füllte den Container mit Schutt, den ganzen Vormittag hindurch, den ganzen Nachmittag.

Am nächsten Tag gab man ihm einen Besen. Er sollte den Putz vom Gerüst fegen. Seine Kollegen stemmten den alten Putz von der Hausfassade, er lag in großen und kleineren Brocken auf den Stegen des Gerüstes. Odefey fegte. Er fegte den ganzen Tag. Dann stand er wieder an der Schubkarre. Längst hatte er Schwielen an den Händen, große Blasen, die aufrissen und bluteten. Die Arbeiter schauten in der Pause darauf und sagten: »Du mit deinen Klavierspielerhänden!«

Und sie ließen ihn schaufeln. In den Wohnungen wurden Trennwände eingerissen, um die Zimmer zu vergrößern. Einer schlug mit einem riesigen Hammer die Wände ein. Odefey sollte die Steintrümmer und Mörtelbrocken in die Schubkarre schaufeln, die ein Kollege übernommen hatte. Er schaufelte. Da es in den Wohnungen trocken war, staubten die Mauersteine, wenn sie zertrümmert wurden. Sie staubten auch, wenn Odefey die Reste aufschaufelte. Der Staub setzte sich auf seine Hände, legte sich auf sein Haar, sein Gesicht, er atmete ihn ein, er schluckte ihn hinunter.

Der Kollege kam mit der Schubkarre rascher wieder, als er schaufeln konnte. Er trieb ihn an: »Mach, Langer, mach hin!« Odefey schippte und schaufelte, bis er keine Luft mehr bekam, und als sie mittags zum Imbiß gingen, bestellte er wie alle anderen eine Flasche Bier, um den Staub herunterzuspülen.

Nach Feierabend fuhr er mit dem Bus die Sonnenallee hoch und schlief vor Erschöpfung ein. Am Hermannplatz wachte er auf, ging einige Blocks zurück und schaufelte innerlich weiter. Er kehrte bei »Ambrosius« ein, aß zwei Teller Gulasch, trank drei Bier, sie staunten über seinen Appetit und seine Arbeitsklamotten. »Wird doch noch wat Anständiges aus dem jungen Mann!« sagte ein Stammgast zu Herrn Lindner, der zufrieden nickte.

Odefey redete nicht viel, er ging bald nach Hause und legte sich ins Bett. In seinen Träumen schaufelte er. Um halb sechs schrillte der Wecker. Draußen regnete es in Strömen. Er kochte sich Tee, aß eine halbe Scheibe Brot, rauchte eine Zigarette, dann ging er zur Arbeit.

Drei Wochen lang schaufelte er Schutt. Er dachte nicht mehr ans Fotografieren. Er dachte kaum noch an Meentje. Und wenn er an sie dachte, schaufelte er schneller. Er schluckte den Staub und schippte jede Schubkarre voll, die angefahren kam. Die Wände wurden eingerissen, die Steine zertrümmert, er schaufelte sie weg.

Seine Muskeln wurden fest in diesen drei Wochen, sein Blick wurde hart. In einem finsteren Groll stand er an der Schaufel, stieß sie in den aufgehäuften Schutt hinein, hob sie an und leerte sie in die Karre, zwanzigmal, fünfzigmal, hundertmal. Was ging ihn sein bisheriges Leben an, was gingen ihn die kommenden Monate und Jahre an, er stand auf dem Bau und stieß die Schaufel in den Schutt. Schaufeln wollte er, nichts weiter, und er schaufelte.

Dann gab man ihm den Vorschlaghammer. Der Polier zeigte ihm die Wand, die niederzureißen war, und Odefey schwang den schweren Hammer. Die Wand schütterte unter seinen Schlägen, die ersten Steine brachen heraus, wieder wirbelte der Staub auf, er setzte neu an, schlug zu, setzte nach, er führte Schlag um Schlag gegen die Wand. Sie gab nach, die Steine polterten heraus, Odefey schlug zu. Je schwerer der Hammer ihm wurde, desto lieber schwang er ihn gegen die Wand.

Er dachte an den Hauswart, und er dachte an Meentje. An die Schläge dachte er, die er vom Hauswart erhalten hatte, und an die Küsse dachte er, die Meentje ihm gegeben hatte, an ihre helle Stimme, an ihre Blicke, die an ihm vorbeiglitten, an das Rasseln des Schlüssels, den sie ihm hingelegt hatte. Er schlug und schlug den Vorschlaghammer gegen die Wand, die aufstöhnte und Stein um Stein hergab. Der Polier holte ihn zur Mittagspause. Odefey kaute hastig das belegte Brötchen und leerte mit zwei, drei Zügen die Flasche Bier, er hatte es eilig, wieder an die Arbeit zu gehen.

So ging der November hin, so kam der Dezember und mit ihm der erste Frost. Auf dem Bau wurden die Fenster eingesetzt, es kamen die Fliesenleger und Elektriker, die Maurer gingen, und Odefey wurde entlassen. »Feierabend, Langer«, sagte der

Polier, »hier gibts nichts mehr für dich zu tun.« Erst im neuen Jahr würde es wieder Arbeit für ihn geben. Odefey stellte die Schaufel nur ungern an die Wand, er legte den Vorschlaghammer widerwillig zur Seite, er wäre gern geblieben.

_64_

Der erste Schnee fiel. Die Neuköllner schlitterten auf den Gehwegen. In der Luft hing wie in jedem Winter der Geruch nach Kohlen. Auch Odefey trug wieder Bündel von Briketts in seine Wohnung, heizte den Kachelofen und brachte die kalte Asche hinunter in die Mülltonnen. Herr Pilarski ließ sich nicht blicken.

Die anderen Nachbarn trafen sich oft bei Herrn Hähnig im Zeitschriftenladen. Odefey holte sich hier seine Zigaretten und trank einen Kaffee im Stehen. Herr Hähnig lehnte am Verkaufstresen und unterhielt sich mit den Hausfrauen, die für eine Zigarette und einen Kaffee kamen, dann ins Reden gerieten und bis zum Mittag blieben. Man erzählte sich Neuigkeiten aus dem Kiez. »Inge Milinski, aus der Fulda 16, die kennste doch, die trinkt wieder. Ihr Bekannter auch, beide. Bei denen in der Wohnung, da liegen die dreckigen Klamotten meterhoch, und sie geht los und kauft sich neue T-Shirts, weil sie zu faul ist zum Waschen!« Herr Hähnig rückte die Zeitschriften zurecht, Kante auf Kante, er war für Ordnung.

Odefey schlief lange, ihm war, als hätte er seit Monaten nicht geschlafen. Die Dächer waren hell vom Schnee, wenn er mittags aufwachte. Auf den Antennen hockten die Krähen und schienen sich zu langweilen. Auch er wußte nichts mit sich anzufangen. Ratlos drehte er die Kamera zwischen seinen Händen. Seine Fotos lagen im ganzen Zimmer verstreut, doch er konnte sich nicht entschließen, wieder zur Zeitung zu fahren, um sie anzubieten. Seit Monaten hatte er nicht fotografiert. Das Bild von Meentje hing über seinem Bett, und es gab ihm einen Stich, wenn sein Blick gelegentlich darauf fiel.

Er besuchte seine Schwester im Wedding. »Du meldest dich ja nie!« sagte sie. »Mama macht sich solche Sorgen!« Ihr Hinterhof war grau, und in ihrer Wohnung saß ein Mann, der seine langen Haare zu einem Pferdeschwanz zusammengebunden hatte. Odefeys Schwester setzte sich auf seinen Schoß. »Das ist Werner«, sagte sie. »Er schreibt seine Doktorarbeit.«

Odefey nickte bewundernd und erinnerte sich beschämt an seine kurzen Monate an der Uni. Er erinnerte sich an die Frachter auf der Elbe und an das durchdringende Vogelgezwitscher im Apfelbaum vor seinem Kinderzimmer. »Du mußt Mama mal wieder besuchen«, sagte seine Schwester. »Ja, mach ich«, sagte er und wußte schon, daß er doch nicht hinfahren würde. Er ließ seine Schultern hängen.

»So richtig motiviert wirkst du nicht«, sagte Werner, und Odefey verabschiedete sich hastig, weil ihm plötzlich die Tränen aufstiegen. Er lief die

Seestraße hinunter zur U-Bahn, fuhr zurück nach Neukölln und schloß sich in seiner Wohnung ein.

_65_

Mitte Dezember klopfte es an Odefeys Tür. Ein kleingewachsener Mann stand dort, Pepitahut, abgetragener Wintermantel, braune Schuhe, Aktentasche. »Hans-Peter Felske, Gerichtsvollzieher«, sagte er und zeigte einen hellblauen Ausweis vor. »Sind Sie Hans Odefey?«

Odefey nickte verschlafen. Er war eben erst aufgestanden, hatte noch keinen Tee getrunken, noch nicht geheizt, das Hemd hing ihm aus der Hose. »Ich darf dann kurz mal reinkommen«, sagte der Mann. Odefey ließ ihn herein, da er annahm, der Herr würde nur eine Mitteilung für die Nachbarn unter ihm hinterlassen. Zu spät fiel ihm ein, daß der Anblick seines Zimmers für einen Fremden ungewohnt sein mußte. Er hatte seit Wochen nicht aufgeräumt.

»Na, was ist denn det für ne Wirtschaft hier«, sagte Herr Felske, als er Odefeys Zimmer betrat, »ick müßte mal meine Aktentasche irgendwo hinstellen können.« Odefey räumte die Teetassen der letzten Tage vom Schreibtisch, kehrte die Brotkanten und Bananenschalen zusammen, stellte einen überquellenden Aschenbecher zur Seite und schob mehrere ungeöffnete Rechnungen unter einen Stapel Fotos. Auf die freigewordene Ecke des Tisches, auf der die eingetrockneten Reste von Marmelade kaum sichtbar waren, setzte der Mann seine Aktentasche und ließ die Verschlüsse aufschnappen.

»Ich habe hier einen Vollstreckungsbeschluß gegen Sie«, sagte er. Odefey schluckte. »Das kann eigentlich nicht sein«, sagte er. Er wußte, daß er seine Rechnungen erst dann bezahlte, wenn er mehrmals gemahnt worden war. Doch in den letzten Wochen hatte er keine Mahnungen bekommen und nur von der Hand in den Mund gelebt. »Ich hab nichts verbrochen«, sagte er trotzig. Herr Felske sah ihn lange an.

»Junger Mann, glauben Sie, ich bin zu meinem Privatvergnügen hier?« Er sprach so leise, daß Odefey sich zu ihm hinneigen mußte. Dabei wehte ihn der starke Mundgeruch des Gerichtsvollziehers an, in dem die Erinnerung an verschiedene halbverdaute Speisen mitschwang. Odefey roch Kohlrabi, Essig, Eiersalat, Mettwurst. Er hätte gern ein Fenster geöffnet, und plötzlich tat der Mann ihm leid, denn es war anzunehmen, daß er sehr einsam war. Doch Herr Felske ließ sich von Odefeys betroffenen Blicken nicht beirren.

»Sie wurden am 17. April 1985 ohne gültigen Fahrschein in der U-Bahn angetroffen, das ist aktenkundig und in der Sache unstrittig. Der Vorgang ist amtlich. Das fällige erhöhte Fahrgeld haben Sie trotz mehrmaliger Aufforderung und Mahnung nicht entrichtet.« Odefey verzog das Gesicht. Er wäre gern ans andere Ende des Zimmers gegangen, denn es roch nun wie in seiner Kindheit, wenn die Bauern die frische Gülle auf dem Feld verteilten.

»Da müssen Sie nicht die Nase rümpfen, Herr Odefey«, fuhr Herr Felske fort, »gegen Sie wurde ein gerichtliches Mahnverfahren eingeleitet, und auf die Ihnen zugestellten Bescheide haben Sie auch nicht geantwortet.«

Odefey mußte sich setzen. Allmählich tauchte die Erinnerung an einige Schriftstücke auf, die er vor Monaten in seinem Briefkasten gefunden hatte. Er mochte die Farbe der Umschläge nicht und hatte sie daher auf dem Regal abgelegt, um sie bei passender Gelegenheit zu öffnen. Je länger sie dort lagen, desto erfolgreicher verdrängte er ihre Anwesenheit. Sie lagen immer noch dort, inzwischen waren sie vergilbt, einige Bücher lagen obenauf. Herr Felske hielt ihm die Gerichtsbeschlüsse und den Vollstreckungsbescheid hin.

»Ich soll mich nun bei Ihnen nach Wertgegenständen umsehen, mit denen die Zahlungsrückstände samt den aufgelaufenen Mahn- und Gerichtsgebühren getilgt werden könnten. Mittlerweile belaufen sich Ihre Rückstände auf 283,42 Mark.« Er stemmte seine Hand in die Hüfte, sah sich im Zimmer um und atmete aus. Nun roch es nach vergorener Milch und vermoderten Pilzen.

»Gibt es hier noch weitere Räumlichkeiten?« fragte er. Odefey zuckte zusammen, als er an den Zustand seiner Küche dachte. Das Geschirr war länger nicht abgewaschen worden, er ekelte sich zu sehr vor dem grünen Schimmel, der sich auf den Tellern und Schalen gebildet hatte. Auch war er in letzter Zeit nicht dazu gekommen, seine Abfalltüten nach unten zu bringen. Eigentlich betrat er die Küche nur noch, um sich rasch einen Tee zu kochen, fühlte sich aber außerstande, diese Gegebenheiten Herrn Felske ausführlich zu erläutern.

»Die Küche«, sagte er kaum hörbar. Herr Felske bewegte sich mit großer Selbstverständlichkeit in Odefeys Wohnung, schaute hier und da hinter ein Regal, sah unters Bett, blätterte auch durch einige Fotos, ohne eine Regung zu zeigen. Aus der Küche kam er jedoch mit einem Kopfschütteln, als habe er endgültig seinen Glauben an das Gute im Menschen verloren.

»Man hat ja schon einiges erlebt«, sagte er, »aber hier siehts aus wie bei den Hottentotten.« Odefey lachte unsicher. Herr Felske sagte nichts mehr. Er fand auch keine Wertgegenstände, die für seine Zwecke brauchbar schienen. Schweigend klappte er die Aktentasche zu. Dann beugte er sich nochmals zu Odefey herunter, der schuldbewußt auf seinem Stuhl saß. Er brachte sein Gesicht nah an Odefeys. »Junger Mann«, sagte er, »Sie zahlen diese 283,42 Mark oder ick stehe hier jede Woche auf der Matte.«

Odefey verschlug es wieder den Atem. Er nickte bloß. Von seiner Arbeit als Abrißhelfer hatte er noch Geld übrig, das bis in den März reichen sollte. Doch die Aussicht, Herrn Felske als ständigen Besucher zu begrüßen und seinen Mundgeruch einatmen zu müssen, gab ihm den Rest. Er zahlte die verlangte Summe sofort.

Herr Felske fand den Weg zur Tür allein und schlug sie vernehmlich hinter sich zu. Seine Schritte entfernten sich. Odefey öffnete das Fenster, um frische Luft hereinzulassen, und sah Herrn Pilarski auf dem Hof stehen. Der Gerichtsvollzieher zog grüßend seinen Hut, als er den Hauswart sah. Die beiden reichten einander die Hand, unterhielten sich einige Minuten lang, und Herr Felske wies wiederholt mit dem Daumen hoch zu Odefeys Wohnung.

_66_

In den Weihnachtstagen war das Licht milchig und verschwand schon am frühen Nachmittag. Die Neuköllner saßen in ihren Wohnungen. Odefey sah sie auf der Couch sitzen, wenn er durch die Straßen ging. Jeden Vormittag brach er auf, um Fotos zu machen, und ließ sich Zeit, bis die Dunkelheit kam. In den Parterrewohnungen flammten die Lichter auf, man saß beim Kaffeetrinken, aß Lebkuchen.

Er kam durch die Elbestraße. An der Ecke stand ein kleiner Junge, nur mit einem T-Shirt bekleidet, und trat stur und trotzig gegen das Tor zum Hinterhof. Um seinen Hals trug er eine Schnur mit drei Schlüsseln. Das schwere Tor schepperte. Odefey blieb stehen. »Sag mal, ist dir nicht kalt?« fragte er und war froh, seine eigene Stimme zu hören. Seit Tagen hatte er mit niemandem geredet. Der Junge schaute nicht auf, sondern trat weiter gegen das Tor. »Det jeht Sie gar nichts an«, murmelte er.

Odefey wollte nicht so rasch aufgeben. »Meine Mutter hätte mir das nicht erlaubt, im Hemd rauszugehen«, sagte er und betrachtete die nackten, dünnen Arme des Jungen. »Meiner Mutter is es egal«, erwiderte der Junge und trat noch einmal gegen das Tor, diesmal heftiger.

Odefey schätzte ihn auf neun Jahre, er kannte sich mit Kindern nicht aus. »Außerdem hat meine Mutter mir verboten, mit Fremden auf der Straße zu reden«, fuhr der Junge fort. »Wo ist denn deine Mutter?« wollte Odefey wissen. »Det jeht Sie gar nichts an!« wiederholte der Junge und sah Odefey angriffslustig an. »Wat sind Sie überhaupt für einer? Sind Sie vom Amt?«

Da erinnerte sich Odefey an die Wohnung, in die er in einer Sommernacht die betrunkene Frau geführt hatte. Damals hatte der Junge neben einem Kleiderhaufen gesessen und sich zu ihr ins Bett gelegt, ohne ein Wort zu sagen.

Die Tritte hatten aufgehört, und der Junge verschränkte seine Arme vor der Brust. Odefey wollte ihn nicht so stehenlassen. »Ich hab deine Mutter mal nach Hause gebracht«, sagte er, »im August, nachts, da hab ich dich auch gesehen, im Schlafzimmer.« Der Junge spuckte aus. »Da sind dauernd Männers, die sie nach Hause bringen, und dann sind beide besoffen und wälzen sich rum.«

Odefey fuhr zusammen, als der Junge laute, unmißverständliche Stöhngeräusche von sich gab und das Gesicht dabei zu einer Grimasse verzog. Je mehr er das Keuchen und Stöhnen nachahmte, desto wilder und wütender wurde er. Dann trat er Odefey gegen das Schienbein. »Hau bloß ab, du Ficker!« Und ehe Odefey ihn fassen konnte, war er zur nächsten Haustür gerannt und im Hausflur verschwunden.

_67_

Die Begegnung ging Odefey nicht aus dem Kopf. Den ganzen Abend dachte er an den Jungen und wie er den Heiligabend mit seiner Mutter verbracht haben mochte. Deshalb ging er am nächsten Vormittag wieder in die Elbestraße, er wußte noch die Hausnummer, erkannte auch die Haustür, die jetzt verschlossen war.

Er drückte auf mehrere Klingeln, bis er eingelassen wurde, und stieg hinauf zum dritten Stock. Das Treppengeländer war nicht ausgebessert worden. An der Wohnungstür stand der Name »Müller«, er klingelte und wartete. In der Nachbarwohnung stritt eine Frau mit ihrem Mann. Odefey klingelte nochmals, er trat nervös von einem Fuß auf den anderen und wäre am liebsten wieder gegangen. Was ging ihn der Junge an. Was wollte er überhaupt sagen? Vielleicht saßen die beiden beim Frühstück, und er würde nur stören und peinlich im Flur stehen, weil niemand wußte, weswegen er gekommen war.

Beim dritten Klingeln öffnete der Junge, noch im Schlafanzug, er sah Odefey nur verschlafen und flüchtig an, ließ die Tür halb offenstehen und ging zurück ins Bett. Odefey folgte ihm. Er erkannte den durchdringenden Geruch der Wohnung wieder, nach ranzigem Fett und jahrealtem Staub. Im Wohnzimmer starrten ihn wieder die siebzig Puppen an, am Rande lagen immer noch die Kleiderhaufen, auf dem Couchtisch halbvolle Aschenbecher und Pizzaschachteln.

»Wo ist denn deine Mutter?« fragte Odefey. »Woher soll ick det wissen, treibt sich rum«, sagte der Junge und zog sich mechanisch an. »Wat jeht Sie det an?« Er saß trotzig auf dem Bettrand und ließ den Kopf hängen. »War schon ein paar Tage nicht da«, sagte er leise, »und ick hab Hunger, ist nüscht mehr da.«

Odefey stand in der Tür, der Geruch des Zimmers widerte ihn an. »Komm, ich lad dich zum Frühstück ein«, sagte er. Der Junge schüttelte den Kopf. »Nee, ick darf nicht mit Fremden mitgehen, hat Mama gesagt, die wollen nur ekelige Sachen mit mir machen.« Odefey nickte. »Na, wenn du dich vorm Frühstücken ekelst, dann geh ich lieber allein.« Als er schon im Treppenhaus war, kam der Junge ihm nachgelaufen. Sie gingen ins »Café Rix«. Odefey war beklommen, er wußte nicht, was er mit dem Kind reden sollte. Die Gäste drehten nicht die Köpfe. Der Junge bestellte sich ein Müsli, über das er sich, als es endlich gebracht wurde, schlürfend und schmatzend hermachte. »Scheint dir zu schmecken«, sagte Odefey. Der Junge nickte und löffelte weiter. Schließlich leckte er die Schale aus. »Wie heißt du denn?« fragte Odefey, als er zahlte. »Naja, Bernd«, sagte der Junge, »aber alle nennen mich Berndchen, und det finde ick blöd.«

Sie gingen zurück zur Elbestraße, und nun redete Bernd in einem fort. Odefey hatte seine Kamera dabei und ließ ihn Bilder machen. »Ich gebe sie dir, wenn wir uns noch mal treffen«, sagte er zum Abschied. »Ja, morgen«, sagte Bernd und gab Odefey die Hand. »Morgen, in alter Frische!« Dann rannte er in sein Haus.

Odefey kam am nächsten Tag wieder, Bernd wartete schon. Er freute sich über die Bilder, die Odefey ihm zeigte. »Mensch, die hab ich gemacht!« sagte er stolz. »Jetzt will ick ooch so ne Kamera!« Odefey ging mit ihm zum Trödelladen von Ralle und dem Duke, sie fanden einen preiswerten Apparat und fotografierten die Spatzen im Körnerpark. Als sie sich mit einem Handschlag in der Elbestraße verabschiedeten, sagte Bernd wie gewohnt: »Morgen, in alter Frische!« Und Odefey kam auch am nächsten Tag.

_68_

Wenn Herr Pilarski im Dienst war, hängte die Hauswartsfrau ein Geschirrhandtuch ins Küchenfenster. Dann dauerte es nicht lang, bis der schwäbische Student Tobias aus dem zweiten Stock des Hinterhauses sich zur Uni aufmachte. Mit seinem Diplomatenkoffer ging er pfeifend durch den Hinterhof ins Vorderhaus, schlich dort in den zweiten Stock und klopfte leise bei Frau Pilarski.

Die anderen Mieter dachten sich nichts dabei. Sie nahmen es gelassen hin, daß der junge Mann der Hauswartsfrau gern zur Hand ging. Odefey war jedenfalls froh, daß die Teppiche der Hauswartsfrau nun von einem jüngeren Mann in ihre Wohnung getragen wurden. Tobias schien auch sonst handwerklich begabt, denn es blieb nicht bei den Teppichen. Anfangs staunte man, als Tobias seine Wäsche nicht in den Waschsalon brachte, sondern in die Hauswartswohnung im Vorderhaus. Aber man erinnerte sich rasch an die Sparsamkeit der schwäbischen Mitbürger. Man wunderte sich wohl auch, daß Frau Pilarski bei ihren Unterhaltungen im Hof nun gelegentlich eine schwäbische Redewendung einfließen ließ. »Ha noi«, sagte sie dann und lachte. Man freute sich mit ihr. Sie war aufgeblüht, ihre Haut glänzte, ihre Augen strahlten, und sie keifte nur noch selten mit den türkischen Kindern vom Nebenhof. Also kümmerte man sich nicht weiter darum. Herr Lindner hielt es für eine Privatangelegenheit der beiden, und Yvonne Gerlach, seine neue Bekannte aus dem »Salon Renate«, nickte zustimmend: »Jeder soll nach seinem Fassonschnitt glücklich werden!«

Odefey zuckte die Schultern, als er im Januar wieder einmal das Geschirrhandtuch im Fenster sah und Tobias vor ihm die Treppe herunterpolterte. Odefey holte sich ein Bündel Briketts in der Jansastraße und sah auf dem Heimweg Herrn Pilarski die Fuldastraße herunterkommen. Er war viel zu früh. Offenbar hatte er krankheitshalber seinen Dienst abbrechen müssen, denn er rollte beim Gehen nicht wie sonst mit den Schultern und sah auch wirklich elend aus. Odefey überlegte noch, daß er rasch bei Pilarski klingeln sollte, um die Hauswartsfrau und Tobias zu warnen, doch er war zu langsam mit dem Kohlenbündel, Herr Pilarski erreichte vor ihm das Haus. Odefey stellte die Kohlen im Hausflur ab, um sich auszuruhen, und hörte den Hauswart im zweiten Stock die Wohnungstür aufschließen. »Mirko«, war seine überraschend zärtliche Stimme zu hören, »ja, wo ist er denn?« Dann schlug die Tür zu. Odefey hielt den Atem an.

Kurz darauf gellte eine Frauenstimme. Zwei Tritte gegen eine Tür, dann splitterndes Glas und ein heftiges Poltern, als falle ein Schrank. Die Frau schrie weiter, es war die Stimme der Hauswartsfrau, und man hörte Schläge. Die Mieter des Vorderhauses öffneten ihre Wohnungstüren und lauschten. Odefey nahm sein Kohlenbündel und ging auf den Hof. Er schaute kurz hoch zum Küchenfenster der Hauswartswohnung, das in diesem Moment splitterte, die Scherben klirrten auf den Hof. Oben steckte ein Stuhl im Rahmen, und die Schreie hörten nicht auf. Für einen winzigen Moment war das Gesicht von Tobias zu sehen, das gleich zurückgerissen wurde. Die Wohnungstür krachte, als werde sie entzweigerissen, und Tobias taumelte wenig später auf den Hof, lief an Odefey vorbei ins Hinterhaus, blutige Striemen im Gesicht.

In der Hauswartswohnung hielten die Schläge an. Frau Pilarski hatte aufgehört zu schreien, jetzt waren nur noch ein Wimmern von ihr und die dunkel dröhnende Stimme des Hauswarts zu hören, der wieder und wieder einen Satz brüllte. »Dir werd ick Mores lehren!«

Odefey rannte zurück ins Vorderhaus und traf Herrn Lindner, der in seiner Tür lehnte und lauschte. »Wir müssen die Polizei holen«, rief er, »er schlägt sie sonst tot.« Herr Lindner verschwand wortlos in seiner Wohnung, wenig später gellte eine Sirene durch die Sonnenallee. Die Mieter standen zu fünft vor der Hauswartswohnung, als die Polizeibeamten die Treppen hochrannten, keiner der Nachbarn traute sich in die Wohnung der Pilarskis. Frau Pilarski kam ins Urban-Krankenhaus.

Zwei Sanitäter brachten sie auf einer Trage durch das Treppenhaus auf die Straße, alle Mieter standen Spalier, die katholische Frau Thiele bekreuzigte sich fortwährend. Man sah die Hauswartsfrau nicht wieder. Herr Pilarski wurde von vier Polizeibeamten überwältigt und beruhigt. Er blieb in seiner Wohnung, man sah ihn tagelang nicht. Eines Abends reparierte er das Küchenfenster. Im Treppenhaus grüßte er nicht, sondern hielt den Kopf gesenkt. Wenn er nach draußen ging, hatte er stets Mirko dabei. Er redete mit rauher, doch zärtlicher Stimme beständig auf den Hund ein.

Im Haus kehrte Ruhe ein, eine lastende, erschrokkene Stille, die den ganzen Januar anhielt. Die Nachbarn flüsterten, wenn sie sich auf der Treppe begegneten.

_69_

Der lange Winter ging zur Neige. Auf dem Landwehrkanal schmolz das Eis. Die ersten Krokusse blühten gelb und violett. Doch der Himmel im Februar war bleigrau, und die Neuköllner murrten. Odefey verstand anfangs nicht, was sie so sehr verbitterte. Im Zeitungsladen von Herrn Hähnig standen sie stundenlang und meckerten. »Det jeht zu weit! Det müssen wir uns nicht bieten lassen!«

Draußen kläfften die Pudel, die Pekinesen der älteren Frauen, die Bulldoggen und Foxterrier und

Schäferhunde. Die Erregung ihrer Herrchen und Frauchen sprang auf sie über und ließ sie an ihren Leinen zerren. Sie spürten, daß es um sie ging, sie empfanden die tiefe Sorge ihrer Besitzer, die sie in diesen Tagen öfter liebkosten als sonst. Abends im »Blauen Affen«, in der »Bürkner-Klause«, im »Hammer«, im »Maybach-Stübchen« und in der »Tonne« knallten die Fäuste auf die Stammtische. »So nicht, Herrschaften! Det Maß ist voll. Uns stehts bis hier! Und det werden wa nich schlucken, det nicht. Det bedeutet Krieg!« Man nickte mit vorgeschobener Unterlippe, setzte das Bierglas an und nahm einen langen Zug.

Man war finster entschlossen, dem Berliner Senat entgegenzutreten, der mit einer neuen Hundekotverordnung drohte. Odefey hatte sich längst daran gewöhnt, den Blick stets auf das Straßenpflaster zu richten, wenn er unterwegs war, und rechtzeitig die braunen Haufen zu umgehen, die überall bereitlagen. »Wer da reinlatscht, ist doch selbst schuld!« begehrten die Neuköllner auf. Doch der Berliner Senat dachte nicht an die Einwohner, sondern an die Berlinbesucher, die sich bereits zu Tausenden beschwert hatten, weil sie in Hundekot getreten waren. Die Hundehalter sollten nun aufgefordert werden, die Hinterlassenschaften ihrer Tiere von den Gehwegen zu entfernen und in den Abfalleimern zu entsorgen. Bei Nichtbefolgung drohten Geldbußen.

Die Neuköllner ballten die Fäuste. In allen Hausfluren trafen sich die Hundehalter und tuschelten, während ihre Lieblinge einander beschnüffelten. Mitte Februar hingen in jedem Geschäft, an jeder

Straßenecke, an jedem Baum, an dem die Hunde ihr Bein hoben, handgeschriebene Zettel, die zu einer gemeinsamen Aktion der Hundehalter aufriefen: *Protestversammlung in der Hasenheide! Wir lassen uns nicht zu Kotknechten erziehen!*

Odefey ging mit Herrn Löhmer und dessen Schäferhündin Sheila in die Hasenheide, in deren Hundeauslauf das Treffen anberaumt war. Die mitgebrachten Hunde waren wie von Sinnen. Sie zogen und zerrten ihre Besitzer mit aller Kraft in die große Kuhle, die von Hunderten ihrer Artgenossen bevölkert war.

Das Jaulen und Bellen, Knurren und Kläffen, das Jachtern und Japsen war ohrenbetäubend. Die Hundebesitzer nickten sich stolz zu. »So een Hundekonzert ha ick ja noch nie jehört!« rief eine Frau, die mit ihren herabhängenden Wangen ihrer Bulldogge ähnelte.

Man stellte sich breitbeinig hin, schwang die Leine locker in der Hand, grüßte hier und dort, man kannte sich vom Gassigehen. Punkt dreizehn Uhr sollte die Versammlung beginnen. Ein beleibter Mann mit Hertha-Kappe stieg auf einen umgedrehten Bierkasten und hob die Hände. »So, liebe Tierfreunde!«

Das Bellen und Winseln aus aberhundert Kehlen wurde nicht leiser. Man sprach besänftigend auf die Tiere ein. »Ruhig, Mandy.«

»Aus jetzt!«

»Pfui!«

»Bist du jetzt stille!«

»Frollein, gleich knallts!«

Die Gesichter wandten sich erwartungsvoll dem

Redner zu. Er sprach aus, was alle empfanden. »In dieser schweren Stunde stehen wir zusammen. Die wollen uns das letzte an menschlicher Würde wegnehmen. Hier ist der einzelne gefragt! Wir werden det aba nicht hinnehmen. Wir stehen zusammen wie *ein* Mann. Wir fordern die sofortige Rücknahme der Hundekotverordnung! Die Senkung der Hundesteuer! Und den Rücktritt des Umweltsenators!«

Hier brandete Beifall auf, die Hunde kläfften erschrocken mit. Man ließ sie von der Leine, und sie jagten befreit davon, hetzten einander durch die Büsche, japsten und streckten sich in der kühlen Luft. Der Mann auf dem Bierkasten hob noch einmal seine Stimme: »Außerdem fordern wir, den 14. Juli eines jeden Jahres zum Tag des deutschen Hundes auszurufen!« Wieder wurde stark geklatscht, man sah sich mit neuem Mut an.

»Hier werden Nägel mit Köppen gemacht«, sagte Herr Löhmer zufrieden. Es gab nun auch Raum für einzelne Redebeiträge. Ein drahtiger Mann mit hoher Stimme wies darauf hin, daß Bewährungssträflinge nicht den Führerschein machen dürften, was der Gipfel der Frechheit sei. »Bubi Scholz kommt frei, und der hat seine Olle abjeknallt, aber wir müssen den Kopp hinhalten!« Man unterbrach ihn: »Darum jeht et doch jar nich!« Er konnte sich lange nicht beruhigen, atmete mit offenem Mund und schaute in die Runde, bis ihm jemand eine Bierflasche reichte.

Man kam zur Kotverordnung zurück. Es wurden Einwände vorgebracht. »Die Besoffenen in der Dieffenbach scheißen auch auf die Straße!« meldete eine Frau mit saurer Dauerwelle und Leggings.

Man nickte. Man hatte davon gehört. »Und die Kinder der Ausländer kacken uff de Spielplätze!« ergänzte ein anderer.

Die Stimmung wurde ruppiger, viele scharrten mit den Füßen, man wollte etwas tun. »Wenn man uns schon zwingen will, Kot zu beseitigen, dann wolln wa hier mal richtich ausmisten!« brüllte ein älterer Mann mit Briskhaarwelle und erhobener Bierdose. »Wieviel wollt ihr diesen arroganten Politikern noch in den Hintern stecken? Da müssen mal fähige Leute ans Steuer!«

Auch hier stimmten ihm die Betroffenen zu, worauf die Rede auf den Skulpturenboulevard kam. »Dit is nämlich richtige Scheiße! Damit wird die Stadt verschandelt!« Nun waren die Gemüter vollends erhitzt, man reckte die Fäuste. Odefey betrachtete die aufgebrachten Mienen und bedauerte, seine Kamera nicht mitgenommen zu haben. Er stellte sich die Bilder vor, die er hier hätte machen können, die aufgerissenen Münder, die wütenden Blicke, die ausholenden Gesten, und lächelte in sich hinein.

»Und die jetzt noch mit schmunzelnder Miene am Rande stehen, die werden sich noch wundern«, fuhr der Redner mit rotem Gesicht fort, »das einst so stolze deutsche Volk ...« Er wußte nicht weiter und stieg kopfschüttelnd vom Bierkasten.

Der beleibte Mann, der die Runde eröffnet hatte, hob schließlich, Schweigen gebietend, die Arme. Seine Hände ruhten in der kühlen Luft, als er mit feierlicher Stimme die erste Zeile des Gedichts aufsagte, das alle hier kannten und in das sie nach und nach mit murmelnden Stimmen einfielen, als sei es ihr Vaterunser: »Daß mir der Hund das Liebste sei, sagst du, oh Mensch, sei Sünde. Der Hund bleibt mir im Sturme treu; der Mensch nicht mal im Winde.«

Danach schwiegen sie, und der verhangene Himmel schien widerzuhallen vom Kläffen und Jaulen der Hunde.

_70_

Mirko bekam von diesem Aufruhr nichts mit. Er sprang die meisten Tage frei im Hinterhof herum. Herr Pilarski hielt nichts davon, ihn in seiner Wohnung einzusperren, wenn er zur Arbeit ging. »Ein Hund muß an die frische Luft«, pflegte er zu sagen.

Mirko langweilte sich. Er schnüffelte an den Mülltonnen, sprang eine Weile am Boxsack hoch und rieb sich die Seite am Baumstamm. Da die Türen zu den Treppenhäusern meist offenstanden, untersuchte er bald auch die verschiedenen Stockwerke und kratzte an den Türschwellen der Wohnungen.

Den Mietern graute vor ihm. Sein kurzgeschorenes Fell, die rötlich umrandeten Augen, die herabhängenden Lefzen, von denen der Speichel rann, das glänzende Gebiß, sein breitbeinig watschelnder Gang, all das verunsicherte sie. Hinzu kam, daß Mirko niemals bellte. Wenn er einem Mieter begegnete, stemmte er beide Vorderpfoten in den Boden, senkte den Kopf und begann zu knurren.

Man erstarrte, wenn man dieses Knurren hörte. Man versteinerte. Minutenlang konnte Mirko so vor einem stehen, bis er abgelenkt wurde von einem Geräusch, einer aufflatternden Taube, einem Mopedknattern, einem Türenschlagen, und sich von einem abwandte.

Frau Celebi weigerte sich, weiterhin die Treppen zu putzen, sie war von Mirko einige Male gestellt worden. Ihr Mann redete ihr zu, doch Frau Celebi war außer sich. Die Mieter konnten ihre Argumente nicht verstehen, aber alle hörten ihre gellende Stimme im Hinterhof, und die Treppen blieben ungeputzt.

Vier tapfere Mieter wurden deshalb beim Hauswart vorstellig. Sie hätten Angst, erklärten sie, Mirkos Knurren sei ihnen unheimlich. »Ach wat«, sagte Herr Pilarski zwischen Tür und Angel, »Hunde, die knurren, beißen nicht.«

Die Mieter kneteten ihre Hände und baten höflich darum, Mirko nicht länger im Hof herumlaufen zu lassen, doch der Hauswart winkte entschieden ab. »Det is zu unser aller Sicherheit«, erklärte er, »det is n Wachhund, der paßt auf, det sich hier keen Jesindel herumtreibt, der arbeitet sozusagen im Dienste der Hausjemeinschaft.«

Da fiel den Mietern keine Antwort ein, und sie traten den Rückzug an. Viele von ihnen trauten sich nur vor die Tür, wenn sie sahen, daß Herr Pilarski zu Hause war und Mirko hereingeholt hatte. Auch Odefey achtete darauf, daß er Mirko so selten wie möglich über den Weg lief.

Eines Tages jedoch kam er die Fuldastraße herunter und traf Tobias, der mit seinem Diplomatenkoffer von der Unibibliothek kam. Gemeinsam fühlten sie sich stark genug, den Hinterhof zu durchqueren. Tobias zitterte ein wenig, als sie die Hoftür aufstießen. »Meinscht, er isch da?« fragte er leise. Odefey mußte nicht antworten. Mirko beendete eben sein großes Geschäft vor der Tür des Hinterhauses, kratzte dreimal über den Boden, entdeckte die beiden Mieter und preschte ihnen entgegen.

Er schlug nicht an. Er knurrte nicht. Er stemmte auch nicht seine Vorderpfoten in den Boden. Er lief mit zunehmender Geschwindigkeit auf die beiden zu, sprang mit einem kraftvollen Satz Tobias an und schnappte nach seiner rechten Hand, als wollte er sein Herrchen für die wiederholten Seitensprünge der Hauswartsfrau mit dem Studenten rächen. Er ließ nicht von der Hand ab, als Tobias schreiend zu Boden ging. Mirko verbiß sich tiefer in die Hand. Odefeys Tritte gegen seine Rippen spürte er nicht. Der Diplomatenkoffer sprang auf, eine Thermoskanne fiel heraus, Papier flatterte auf. Tobias schrie, wie Odefey noch niemals jemanden hatte schreien hören.

Die Fenster der umliegenden Wohnungen flogen auf, die Mieter schauten in den Hof, einige furchtlose Männer eilten zu Hilfe. Herr Lindner nahm den Wasserschlauch, drehte den Hahn auf und spritzte Mirko kalt ab. Das Tier kümmerte sich nicht darum. Herr Löhmer, der sich mit Hunden auskannte, versuchte mit bloßen Händen, Mirkos Kiefer auseinanderzubiegen. Es gelang ihm nicht. Herr Sembritzki rief nach oben, man solle nach einem Krankenwagen telefonieren. Tobias lag mit bleichem Gesicht in einer Blutlache, Mirko zerrte noch an ihm.

Da erschien auch Herr Pilarski auf dem Hof, er schlenderte in aller Ruhe auf den Pulk der Mieter zu. Mirko ließ von seinem Opfer ab, sprang freudig zu seinem Herrchen und rieb sich an den stämmigen Waden des Hauswarts, der sich mit einem Finger zwischen den Zähne polkte. »Is ja gut«, beruhigte er den vom Blutgeruch erregten Hund, »passiert dir ja nichts.« Er warf einen kurzen Blick auf Tobias, der sich auf dem Boden wand, seine zerfleischte Hand lag wie abgetrennt neben ihm. »Damit holste dir keinen mehr runter«, sagte Herr Pilarski und wandte sich zum Gehen.

»Na hörn Se mal«, sagte Herr Lindner, der vor Empörung rot anlief, »so einfach komm Se hier nicht weg!« Der Hauswart drehte sich um und kam zurück. Mirko schnupperte unterdessen wieder an den Mülltonnen.

»Ick hör wohl nicht richtig«, sagte Herr Pilarski langsam, nahm seinen Finger aus dem Mund und betrachtete ihn eingehend, »will sich vielleicht jemand mit mir anlegen?«

Daraufhin schwieg Herr Lindner und senkte den Kopf. Auch Herr Löhmer schaute zu Boden. Herr Sembritzki duckte sich an der Hoftür.

»Ja, ich«, sagte Odefey plötzlich.

Der Hauswart lachte. »Quatschkopp.«

Durch Odefey ging ein Riß. Er tippte dem Hauswart auf die Schulter und sagte: »Wirklich. Ich will mich mit Ihnen anlegen.« Die Zeit schien stillzustehen. Die Musik vom Nachbarhof wurde leiser. Aus allen Fenstern streckten die Nachbarn ihre

Köpfe. Von der Sonnenallee her näherte sich ein Wagen mit Notfallsirene.

»Du – Flitzpiepe«, sagte der Hauswart und musterte Odefey von oben nach unten. »So een Klapperjerüst wie du, da hol ick einmal tief Luft, und du liegst mir quer vor den Nasenlöchern. Du tust ma jetz schon leid.«

Er wandte sich an alle Nachbarn, die auf dem Hof standen, die aus den Fenstern schauten. »Der Kollege hier hat mich zum Kampf gefordert, habt ihr alle mitgekriegt, det is nun amtlich. Den nehm ick mir am Freitagabend vor, Mann gegen Mann, nur mit Fäuste, und ihr seid alle eingeladen, wirdn schönes Schlachtefest.«

Odefey nickte. Er spürte, daß Herr Lindner ihm besänftigend eine Hand auf die Schulter legte. Von der Straße kamen die Notärzte und drängten sich zu Tobias durch. Einer von ihnen wendete sich mit kalkweißem Gesicht ab, als er die Reste der Hand sah. Tobias gab keinen Laut mehr von sich. Herr Löhmer sammelte die Papiere ein und legte sie behutsam in den Diplomatenkoffer, als wären es Traueranzeigen. Herr Pilarski aber schlenderte über den Hof zum Vorderhaus, als ginge ihn das alles nichts weiter an, und Mirko watschelte hinter ihm her.

_71_

Es war der März mit seinen helleren Tagen. Odefey erschienen sie wie ein letzter Gruß. Der Kampf sollte am Freitag ausgetragen werden, gegen Mitternacht. Unter den Nachbarn hatte sich der Termin herumgesprochen. Auch die Stammgäste im »Ambrosius« wußten davon. Viele wollten kommen; die meisten aber warnten ihn vor der Kampfkraft des Hauswarts.

Fünf Tage blieben ihm. Noch viermal sah er das zögernde Morgenlicht. Noch viermal den frischgewaschenen Himmel. Viermal noch das Abendrot. Jeden Tag traf er Bernd, der stets unten am Hauseingang in der Elbestraße auf ihn wartete. Sie fotografierten. Sie gingen ins Café. Bernd redete viel und lachte gern, und Odefey vergaß für eine Weile, was ihm bevorstand. Die Tage rollten rasch dahin, stolz und groß, wie Groschen über einen Tisch rollen, ehe sie sie Kante erreichen und fallen.

Viermal noch Frühstück. Er trank seinen Tee. Er ordnete seinen schmalen Besitz. An seine Mutter schrieb er einen langen Brief. Seine Fotos verschenkte er. Die Stunden zerrannen ihm. Er wußte nichts mit ihnen anzufangen. Noch einmal ging er durch die Straßen, stand in der Sanderstraße vor dem Haus, in dem Meentje wohnte. Vielleicht war sie mittlerweile ausgezogen. Er wollte nicht klingeln. Er stand auch in der Hobrechtstraße vor Susannes Haus. Doch was hätte er sagen sollen? Er war nicht Gernot. Für Dramen war er nicht geschaffen. Er ging weiter. Lange stand er auf der Thielenbrücke und dachte an Meentje, an jenen Tag, als sie sich hier begegnet und zusammen ins Kreuzberger Café gegangen waren. Die Enten schlugen laut die Flügel, als sie zu siebt schräg über dem Wasser abflogen. Er sah die Tauben auf dem Platz vor dem Rathaus Neukölln. Sie wurden von zwei alten Frauen gefüttert, die jeden Morgen kamen. Sie würden auch am Samstag kommen, am Sonntag und Montag, dann hätte er es hinter sich. Er ging zurück in die Fuldastraße. Die Müllmänner rollten eben die Tonnen durch den Hausflur nach draußen.

Vier Tage noch. Drei Tage. Zwei Tage. Jeden Abend ging er ins »Ambrosius«, um zu essen. Der Wirt empfing ihn wie einen Ehrengast, legte eine Tischdecke auf und beriet sich lange mit dem Koch. Und es gab Schnitzel mit Erbsenpüree für ihn, Leber mit Zwiebeln und Apfelringen, am Donnerstag ein Steak. Odefey erschienen die überladenen Teller, die ihm mit großer Geste aufgetragen wurden, wie Henkersmahlzeiten. Sein Mund war trocken. Er fragte nach Bier, nach einem kleinen Sliwowitz, nur als Verteiler, doch der Wirt, der ihm jeden anderen Wunsch erfüllt hätte, blieb eisern.

»Auf keinen Fall! Kein Alkohol! Eiweiß brauchste, Kraftnahrung. Iß, Junge, hau rein!« Und er fuhr ihm mit väterlicher Hand durchs Haar, wie er es von Boxtrainern gesehen hatte, die ihre Schützlinge in den Ring schickten.

Auch die Gäste ließen es nicht an Zuspruch fehlen. Einer nach dem anderen kamen sie an Odefeys Tisch. Einer nach dem anderen legten sie ihm die Hand auf die Schulter und erteilten ihm Ratschläge.

»Halt ihn erst mal hin! Nicht gleich dein Pulver verschießen!«

»Ich sach dir, der hat n Glaskinn, der fällt sofort um, mußt ihn nur treffen. Ein Schlag, dann fällta.«

»Immer rangehn, rangehn, arbeiten, arbeiten, arbeiten.«

Sie deuteten einige Schläge an, die Odefey von Nutzen sein könnten.

»Ick hab selbst ma trainiert, vor Jahrenden, war jut druff damals, du schaffst das schon.«

»Bleib von ihm weg. Abstand, wie Ali, du hast doch ooch so lange Arme.«

Sie klopften ihm mit starker Hand auf den Rükken, nickten noch einmal fest und räusperten sich. Diese Aufgabe hätten sie erledigt, ihren Teil beigetragen. Doch wenn sie dann wieder in ihrer Runde saßen, mit Günter und Walter, mit Harry und Gabi, schauten sie mitleidig hinüber zu seinem Tisch, wo er mit gebeugtem Rücken saß und aß.

»Na Mensch, ne Molle könnta ihm doch jeben.«

»Ebent nich! Keen Alkohol, glaub mir.«

Der Koch machte am Donnerstag einen Vanillepudding und trug ihn persönlich zu Odefeys Tisch. »Wird schon werden«, sagte er und lächelte hilflos. Er war ein weicher Mann, der sich niemals geprügelt hatte. Wenn er nur daran dachte, bekam er schon kalte Füße. Er hatte Angst um Odefey, und damit war er nicht allein.

Sie alle, die vom Kampf wußten, in der Fuldastraße, in der Sonnenallee, sie alle, die bei »Ambrosius« saßen, setzten keinen Pfifferling auf Odefey, wenn sie ehrlich waren. Er wußte nichts davon, er freute sich über das Wohlwollen, über die ermunternden Ratschläge. Den Vanillepudding aß er mit gutem Appetit. Von den anderen Tischen her bestärkte man ihn mit der Geste des aufgerichteten Daumens. »Hau rein, wird schon!«

Doch als er das Lokal verließ, legte sich ein bekümmertes Schweigen über den Schankraum. »So ein junget Leben«, sagte eine Frauenstimme in die Stille hinein, und es klang wie ein Nachruf. Der Wirt gab eine Runde aus, um die Stimmung wieder zu heben.

_72_

Der Freitag kam. Die Stunden flossen unwiderruflich dahin. Kühl schien die Sonne am Mittag. Herr Lindner kam an Odefeys Tür und wollte ihn zu einem letzten Training überreden, doch er winkte ab. Er wollte allein sein. Er saß am Fenster und staunte, wie gern er atmete. Die Luft floß aus ihm heraus, und seine Brust füllte sich von neuem. Dieser eine Atemzug, dachte er, jetzt. Dieser eine Atemzug. Die Stunden rollten hin, am Nachmittag zogen Wolken auf, es dämmerte bald.

Odefey träumte. Ein Schwarm Stare zog über den hohen Himmel seiner Kindheit. Am Deich kauten die Schafe. Über die breite Elbe fuhren tags und nachts die Frachter, das Wasser klatschte heftiger ans Ufer, wenn sie vorbeigezogen waren. Frühmorgens das Glockenläuten vom Kirchturm her, der Geruch nach frischem Brot aus der Stube des Bäckers, die harten Stimmen der alten Frauen, die beim Kaufmann standen. Die Tage waren groß und weit wie der Himmel, die Stunden standen still. Seine Hand lag klein und kühl im Fell seines Kaninchens. Seine Mutter schwieg beim Abendessen, jeder Bissen vom Leberwurstbrot lag ihm eine halbe Ewigkeit im Mund, und wenn er nachts nicht schlief, hörte er die Frachter auf der Elbe tuten, die hinausfuhren aufs offene Meer.

Odefey saß in der dunklen Wohnung, als Herr Lindner ihn abholte. Sie gingen die Fuldastraße hoch, die Flughafenstraße, sie schwiegen. Es gab nichts zu sagen. Seine Füße berührten den Boden. Sein Atem kam und ging. Im Hals schlug ihm das Herz. Er versuchte sich die Schläge vorzustellen, die ihn erwarteten, den ruppigen Schmerz, und er fühlte sich elend. So unruhig war das Schwein gewesen, das er auf seiner ersten Hausschlachtung gesehen hatte, im Nachbardorf.

Er war mit seinem Freund hingeradelt, die Eltern durften nichts wissen. Der Schlachter stand mit seinem Gehilfen bereit, als sie ankamen und die Fahrräder an den Zaun lehnten. »Sind die Messer scharf?« fragte der Schlachter. Er hatte rötliches Haar, flinke Augen, er stand breitbeinig mit einer großen Schürze da, als der Bauer das Schwein auf den Hof führte. Es sträubte sich, trappelte mit den Füßen, riß am Strick, der Bauer mußte ihm gut zureden: »Na komm, na komm, passiert doch nichts.« Der Gehilfe fragte: »Ist es ein Heinrich?« Der Bauer sagte: »Nee, 'ne Hannelore« und redete mit sanfter Stimme auf das Schwein ein, er hätte es am liebsten gestreichelt. Dann wurde das Tier ganz ruhig, trabte zu den Bottichen hinüber, schnüffelte herum. Der Schlachter nahm sein Bolzenschußgerät und lockte es: »Na komm, wird alles gut.«

Odefey hatte nicht hingesehen, als das Schwein getroffen wurde, sein Freund stand neben ihm mit bleichem Gesicht, ihm schossen die Tränen in die Augen. Da lag das Schwein und zuckte mit den Hinterbeinen, ein scharfer Ruck ging durch seinen Leib, dann lag es still. An den Hinterbeinen wurde es mit einer Kette hochgezogen, so daß es kopfüber am Haken hing, der Schlachter setzte das Messer am Hals an, und das Blut schoß dunkelrot heraus. Der Gehilfe hielt den Bottich bereit, das Blut strömte und strömte hinein. Dann winkte er die beiden Jungs heran: »Ihr könnt mal rühren!« Und er rührte, abwechselnd mit seinem Freund, und sah immer noch die erschreckten Augen der Hannelore, als sie auf den Hof kam.

Herr Lindner schaute auf die Uhr. »Viertel zwölf«, sagte er. Keine Stunde mehr. In einer Stunde hatte Odefey früher ein ganzes Leben entworfen. Nun reichte die Zeit noch für eine Zigarette, die er rauchte, ehe sie zur Fuldastraße zurückgingen, für ein Nicken in die Runde, als er die versammelten Leute im Dunkeln stehen sah, für einige Atemzüge, für einen Blick auf das Quadrat des Himmels über ihnen.

Herr Pilarski stand drüben mit den Kollegen von der BVG, alle in Lederjacken, sie umringten den Hauswart, der sich mit tänzelnden Schritten, geschmeidigen Schlägen warmmachte. Odefey hörte das satte Klatschen der Fäuste auf die Pratzen des Betreuers, er hörte das stoßweise Ausatmen bei jedem Schlag, darüber die knisternde Stille der Baumkrone. Die Minuten zerrannen ihm. Er stand verloren auf dem nassen Boden, jemand nahm ihm seinen Mantel ab. Die Leute drängten näher zusammen, die ersten Regentropfen fielen.

Die Männer in den Lederjacken bildeten eine Gasse, durch die Herr Pilarski nach vorn kam, er trug nur eine Jogginghose und sein Unterhemd, die schweren Arme mit den Tätowierungen schwangen frei neben seinem Rumpf, der bereits vor Schweiß dampfte. Odefey schaute in die Menge, ob er bekannte Gesichter entdeckte. Herr Lindner, Herr Löhmer, Herr Sembritzki standen zusammen, einige Frauen aus dem Zeitschriftenladen, Frau Weber von der Bäckerei Nowak. Die Stammgäste aus dem »Ambrosius« waren da, sie hatten sich Mut angetrunken und feuerten Odefey an. Die meisten der Gesichter kannte er nicht, und Meentjes Gestalt suchte er vergebens.

_73_

Der Hauswart umkreiste ihn, er suchte nach einem ersten Zugang. Odefey spürte seinen schweren Atem, das Stampfen der Füße auf dem Boden, er duckte sich weg und ließ sich abdrängen in die Menge der Zuschauer, die ihn vielarmig empfing und zurückschob in die Mitte. Die Fäuste des Hauswarts tasteten nach ihm, schnellten vor wie flinke Zungen, leicht und spielerisch.

Odefey wich zurück, die Arme schützend vor seiner Brust, mit den Füßen rutschte er auf dem nassen Boden. So schlimm ist es nicht, dachte er, kurz bevor der erste wuchtige Schlag ihn traf, ein Schwinger von der Seite, den er nicht rechtzeitig kommen sah, er rammte seine Flanke, erschütterte seine Knochen, erleuchtete sie wie ein greller Lichtblitz. Ihm blieb die Luft weg. Er taumelte mit aufgerissenen Augen.

»Nu biste wach«, sagte der Hauswart, der den Abstand nach Belieben vergrößerte und verringerte, »und jetzt zieh ich dir die Hosen runter.«

Er sprach ganz ruhig, der Schwinger hatte ihn keine Kraft gekostet. Seit Monaten hatte er den Boxsack im Hof so behandelt und offenbar stets an Odefeys schmächtigen Körper gedacht. Eine Rechte zum Kopf verfehlte ihr Ziel, der linke Haken auch, Odefey versteckte sich, die Menge murrte, er pendelte zur Seite, verdaute noch den Schwinger, der in ihm nachklang wie ein mächtiger Glockenton.

Der Regen wurde stärker. Das Gesicht seines Gegners war glatt vor Nässe, er wischte sich kurz über die blinzelnden Augen, da kam Odefey aus seiner Deckung heraus und traf mit trockener Faust die Schläfe des Hauswarts.

Die Berührung war ein kurzes Flackern, kaum ein Schlag, Odefey war dennoch angewidert und scheute zurück, rasch genug, um den Fäusten des Hauswarts zu entgehen, der in plötzlicher Wut blindlings um sich schlug. Von der eigenen Wucht mitgerissen knickte er um, breitete im Schreck die Arme aus, um ins Gleichgewicht zu finden, und

Odefey warf sich dem Hauswart entgegen, der vollends den Halt verlor, als er einen durchdringenden Schlag auf die Nase erhielt und gleich darauf das ganze Gewicht Odefeys, der auf ihn und mit ihm zu Boden fiel.

Die Menge wogte über ihnen, sie drängte sich dichter zusammen, man brüllte ihnen zu, wieder aufzustehen, ranzugehen, hochzukommen. Odefey dachte an das Schwein auf dem Hof vor der Schlachtung, wie es bangte und quiekte, als er den schweren, rosigen Körper des Hauswarts vor sich sah. Mit einer Hand hielt er sich die Nase, aus der das Blut schoß. Du das Schwein, dachte es in Odefey, ich der Schlächter. Ich das Messer, du die Wurst.

Er wurde kalt und freundlich und wartete ab, bis Herr Pilarski aufstand und seinen Gegner suchte mit hängendem Kopf und schaukelndem Oberkörper, er redete ihm gut zu: »Na komm, alles wird gut, na komm.« Und der Hauswart kam, verwirrt und folgsam, er kam mit schlaffen Fäusten und holte sich zwei weitere Schläge ab. Odefeys Hände schmerzten. Herr Pilarski drehte ruhig ab und ging langsam zu Boden, seine Knie knickten ein, er sackte auf seinen Hintern, legte sich lang und lag still. Ich das Messer, du die Wurst, dachte Odefey und hob seine offenen Hände zum Himmel.

Plötzlich war es still. Die Menge schwieg. Man hörte nur den Regen. »Det is doch Schiebung«, sagte einer der BVG-Beamten ungläubig, »det kann doch nich wahr sein.« Odefey setzte sich neben Herrn Pilarski und bettete dessen Kopf auf seinen Schoß. Er streichelte den Mann, der langsam und enttäuscht seine Augen öffnete. Die Leute wichen zurück. Einer nieste.

»Da machste wat mit«, sagte Herr Pilarski. Odefey wiegte ihn.

_74_

Am Morgen hatte der Regen aufgehört. Im Hinterhof Fuldastraße, Ecke Sonnenallee war der Boxsack verschwunden. Die Mieter, die früh aufgestanden waren, wunderten sich. Einige vermißten das übliche Training des Hauswarts. Andere nutzten die Stille, um Musik zu hören. Im zweiten Stock des Nebenhauses wurde ein Fenster geöffnet, der Mieter ließ seine Nachbarn mithören, wie Nina Simone »My Baby Just Cares For Me« sang. Die Klavierläufe hallten im Hof wider. Zwei Hausfrauen, die eben den Müll rausbrachten, schlossen leiser als sonst die Deckel der Tonnen.

Odefey trank seinen Morgentee und kühlte sein Gesicht mit einem Eisbeutel. Er hatte die Nacht in seinem Sessel verbracht und auf das Morgenlicht gewartet. In seinem Bett schlief der Hauswart, reglos wie ein aufgebahrter Leichnam. Nur sein tiefes Atmen verriet Odefey, daß er noch lebte. Fünf Stunden lang hatte er dieses Atmen begleitet, einige Male war es in ein Schnarchen übergegangen, dann setzte es aus, und Herr Pilarski drehte sich seufzend um.

Odefey wollte nicht schlafen. Als es allmählich hell wurde, hatte er Tee gekocht und eine Weile lang das Gesicht des Hauswarts betrachtet. Nun öffnete er das Fenster, hörte Nina Simone zu und dachte an Meentje. Die Amseln und Drosseln rührten sich im Baum, der noch schwarz und kahl stand, als wartete er auf den Frühling. Der April würde kommen, der Mai und der Juni, der Baum im Hof würde grünen und blühen wie in jenem Jahr, als Odefey nach Neukölln gekommen war, wie in den Jahren davor und in den kommenden Jahren, wenn er nicht mehr in Neukölln wohnte. Er schmeckte Schlieren von Blut in seinem Mund und beugte sich weit aus dem Fenster. Wären ihm Flügel gegeben, er wäre in diesem Moment fortgeflogen, hinaus in den Hof und hoch über die Dächer hinweg.

Herr Pilarski wachte auf, als die Müllmänner im Hof lärmten. Sie wuchteten die eisernen Tonnen durch den Hausflur, riefen sich lauthals Anweisungen zu und kamen klappernd mit den leeren Tonnen zurück.

»Wo bin ick?« fragte der Hauswart. Odefey reichte ihm seinen Eisbeutel. Herr Pilarski setzte sich auf. Er stöhnte.

»Wat mach ick denn hier?« fragte er. Odefey betrachtete ihn, wie er vornübergebeugt dasaß und seinen Kopf rieb, die Arme streckte und lange gähnte.

»Na, wat solln det hier?« fragte der Hauswart wieder. Er rieb sich den prall vorstehenden Bauch, erhob sich mühsam und schlurfte zum Fenster. »Ist aber ne hübsche Aussicht hier, und so stille.«

Odefey bot ihm einen Becher Tee an. »Wir haben

dich hier schlafen gelegt, weil du so hinüber warst. War ein schwerer Kampf, in deinem Alter.«

Herr Pilarski drehte sich um und lachte. »Warn juter Kampf gewesen!« Er nahm den Tee und schlürfte bedächtig. »Doch, war jut.«

An der Tür klopfte jemand. Odefey ging öffnen, Bernd stand vor ihm.

»Wo warst du denn! Ick steh mir ja die Beine in den Bauch, jeden Tag! Und du kommst nicht!«

Dann sah er Odefeys Gesicht und Herrn Pilarski, der stöhnend durch den Flur schlurfte.

»Habt euch jekloppt«, sagte Bernd leise und wich zwei Schritte zurück. Odefey nickte. Der Hauswart drängte an Odefey vorbei und reichte ihm die Hand.

»Ick werd dann mal wieder. Machs jut. Man sieht sich.« Er hielt sich am Geländer fest, als er die Treppe hinunterging, vorsichtig, Stufe um Stufe.

Auch Odefey mußte langsam gehen, als er mit Bernd draußen war. Jeder Schritt schmerzte. »Ich werde alt«, sagte er, und Bernd lachte ihn aus.

_75_

In den Tagen nach dem Kampf begann Odefey heimlich seine Sachen zu packen. Er wollte nicht alt werden in Neukölln, und er spürte, daß er hier sein Glück aufgebraucht hatte.

Der Hinterhof war ihm eng geworden, er wollte das Klappern des Geschirrs der Nachbarn nicht mehr hören. Die Häuser waren ihm im Weg, seine Augen sehnten sich nach einem fernen Horizont, nach dem Meer, dem offenen Land. Er packte seine Sachen zusammen. Bernd merkte es sofort. Sie gingen noch einige Male miteinander fotografieren, dann wollte er Odefey nicht mehr sehen. »Hau bloß ab, du Penner! Du bist genau so ein Arsch wie die anderen!« Odefey traf ihn einige Tage darauf bei Condi, Bernd schob den Einkaufswagen für seine Mutter und schaute ihn nicht an. Sie schien sich an Odefey zu erinnern und kramte in ihrem Beutel nach einem Feuerzeug. »Du Waschlappen!« brüllte sie durch den Supermarkt und warf mit dem Feuerzeug nach ihm, mit einer Dose Ravioli, »hau ab hier!«

Bei »Ambrosius« ahnten sie nichts von Odefeys Aufbruch. Sie feierten ihn, als er am Donnerstag ins Lokal kam. Einige der Stammgäste standen auf und klatschten, die anderen klopften mit den Fingerknöcheln auf die Tische. Der Wirt gab eine Runde aus. Herr Lindner, mit Cowboyhut und Fransenweste, führte ihn von Tisch zu Tisch, und überall streckten sich ihm Hände entgegen.

»Siehste, ha ick det jesacht oda ha ick det jesacht? Een Schlag uff det Glaskinn, und der Mann is hin!« Man spendete ihm das höchste Neuköllner Lob: »Wirklich, da kann man nicht meckern!«

Auch der Koch kam aus der Küche, er trocknete seine Hände an der Schürze ab, ehe er sie Odefey reichte. »Den Vanillepudding bekommst du kostenlos für den Rest deines Lebens.«

Und Herr Lindner schlug ihm freundschaftlich auf die Schulter, als sie schließlich nebeneinander an der Theke saßen: »Kannst Ranger zu mir sagen.« Dann erzählte er Odefey, daß die Hausverwaltung ihm die Hauswartsstelle angeboten hatte. Sie hätten zu viele Klagen über Herrn Pilarski bekommen, der Vorfall mit dem Hundebiß hätte sie endlich bewogen, ihm zu kündigen.

»Hauswart, icke«, sagte der Ranger befriedigt und wies mit dem Daumen auf seine Brust, »da werden wir jetzt mal andere Saiten aufziehen!«

Und später beim zweiten Bier, beiläufig: »Übrigens, deine Kleine habe ich neulich nach Hause gefahren, die arbeitet im ›Schwarzen Storch‹, war aber einsilbig.«

Und beim vierten Bier rückte Odefey damit heraus, daß er fortgehen wolle. Der Ranger schaute ihn lange an, trank sein Bier aus und bestellte die nächste Runde. Er schüttelte den Kopf, nahm einen langen Schluck, schüttelte wieder den Kopf. Schließlich sagte er: »Na ja, Reisende soll man nicht aufhalten.«

In der Flughafenstraße bei Ralle und dem Duke lag seit Tagen ein Geigenkasten im Schaufenster. Odefey wollte anfangs nicht genauer hinsehen, weil er fürchtete, es könnte Meentjes sein. Doch am nächsten Tag war der Kasten aufgeklappt, es lag eine Geige darin, und Ralle hatte einen Zettel dazugelegt: »Stravari antik, 150 Mark, Sonderposten!«

Odefey trat an den Schreibtisch des Duke und erzählte ihm stockend von Meentje, von ihrem Geigenspiel als Kind mit einem Tennisschläger und Kochlöffel. »Is ja keine echte Stravari«, räumte der Duke ein, »da könnte man dir mit dem Preis etwas entgegenkommen, sagen wir 130.«

Odefey nahm die Geige aus dem Kasten und legte sie an sein Kinn. Dann klappte er den Kasten wieder zu und bat er sich Bedenkzeit aus. Am nächsten Tag stand er wieder im Laden und kaufte die Geige.

Am gleichen Abend fuhr er nach Schöneberg, den Geigenkasten unter dem Arm. Im »Schwarzen Storch« schüttelten sie den Kopf, als er nach Meentje fragte. »Die hat heute frei«, sagte eine Kellnerin. Odefey fuhr zurück zum Hermannplatz und ging in die Sanderstraße. Im Hinterhof sah er, daß oben bei Meentje Licht brannte.

Sie öffnete auf sein Klopfen und blieb verwundert in der Tür stehen. »Ich hab Besuch«, sagte sie. Odefey reichte ihr den Geigenkasten. »Ich möchte mich entschuldigen dafür, wie alles gekommen ist«, sagte er, und seine Worte klangen hölzern. »Und es war schön, dich kennenzulernen.«

Meentje klappte den Kasten auf und erschrak, als sie die Geige sah. »Aber ich hab wirklich Besuch«, sagte sie leise.

Odefey nickte. »Ich geh fort«, sagte er, nickte ihr zum Abschied zu und lief die Stufen hinunter. Zu Hause nahm er ihr Bild von der Wand und legte es in die Mappe, die er mitnehmen wollte.

_76_

Der Duke und Ralle holten Odefey ab zu einem Spaziergang. Sie hätten gehört, daß er aus Neukölln weggehen wolle, sagten sie und führten ihn ans Ende der Karl-Marx-Straße, wo die Häuser niedriger wurden. Vor einem Tätowierstudio blieben sie stehen.

»Wir wolln dir wat schenken«, sagte der Duke. Odefey fühlte sich geehrt.

»Eine bleibende Erinnerung«, fügte Ralle hinzu. Odefey schaute sie erwartungsvoll an, doch sie erklärten sich nicht näher.

Der Duke legte ihm eine feste Hand auf die Schulter, und Ralle öffnete die Tür der Tätowierstube. Ein älterer Mann mit schwerer Hornbrille erhob sich von seinem Schreibtisch.

»Da ist er ja«, sagte er, »na, dann wolln wir mal.«

Odefey war zu überrascht, um Einspruch zu erheben. Sie brachten ihn ins Hinterzimmer, man setzte ihn auf einen Hocker und krempelte ihm den rechten Hemdsärmel auf.

»Was hätte er denn gern?« fragte der Tätowierer, als er seine Arbeitsgeräte bereitlegte.

»Das weiß er noch nicht«, antwortete Ralle. »Wir dachten an ein Neuköllner Motiv«, sagte der Duke, der Odefey mit sicherer Hand auf dem Hocker hielt.

»Wenn er Hunde mag, könnte ich einen Pitbullkopf machen«, schlug der Tätowierer vor, »das wird in letzter Zeit gern genommen.« Er ließ die Maschine erwartungsvoll aufsurren.

»Das eher nicht«, sagte Odefey entschieden.

»Dann zwei Boxhandschuhe«, meinte Ralle, »die haste dir verdient.« Odefey schüttelte den Kopf. Er konnte in der plötzlichen Eile nicht klar denken. Er spürte die Hand des Duke auf seiner Schulter ruhen.

»Mach ihm das Neuköllner Wappen«, entschied der Duke. Ralle war sofort einverstanden. »Genau, und dann schreibste drunter: 1000 Berlin 44.«

Er stieß Odefey begeistert an: »Da kannste nicht mehr verlorengehen, da wissen alle gleich, wohin sie dich zurückschicken sollen!«

Odefey mußte lächeln. »Na ja«, wandte er ein, »solange sie die Postleitzahlen nicht ändern.«

Der Duke über ihm räusperte sich: »Nee, det bleibt für immer und ewig: 1000 Berlin 44.«

Der Tätowierer fand das Wappen rasch in seinem Ordner mit speziellen Motiven und skizzierte es auf Odefeys Oberarm. »Johanniterkreuz und böhmischer Kelch, daneben der Adler, oben die Burgzinnen mit dem Berliner Bären«, murmelte er. Dann tauchte er die Nadeln in dunkelblaue Tinte und begann sein Werk.

Odefey hatte einen scharfen Schmerz erwartet und war erleichtert, wie munter die Nadeln auf seinem Arm tanzten. Er lauschte dem innigen Gespräch, das sie mit seiner Haut führten, eindringlich und unablässig. Es dauerte. Es gab viel zu sagen. Der Duke blätterte unterdessen in einer Zeitschrift, Ralle holte Kaffee, der Tätowierer legte nur kurze Pausen ein, in denen er die Tinte vom Arm wischte. Dann stachen die Nadeln wieder zu, bissen in Odefeys Haut, redeten mit spitzen Zungen von

Neukölln, von den Jahren, die er hier gelebt hatte, und Odefey hörte ihnen zu.

Nach drei Stunden war das Wappen vollendet. Der Tätowiermeister umfaßte es mit dem Schriftzug »1000 Berlin 44« und legte sehr zufrieden sein Stechgerät zur Seite. »Jeden Tag waschen und eincremen«, sagte er, »und auf keinen Fall kratzen!« Der Duke reichte ihm einen Hundertmarkschein und schüttelte seine Hand.

Als sie auf die Karl-Marx-Straße traten, fühlte Odefey das Straßenpflaster deutlicher unter seinen Füßen. Er roch den Bierdunst, der von der Brauerei herüberwehte, die Autoabgase, die Gerüche aus den Höfen. Die Wunde am Oberarm begann allmählich zu schmerzen.

Er ging mit Ralle und dem Duke in eine Kneipe in der Silbersteinstraße, sie tranken Kaffee und einen Futschi. Odefey fragte sie, ob sie seine restlichen Sachen abholen könnten, er wollte mit leichtem Gepäck reisen.

»Kein Thema, wir kommen vorbei«, sagte der Duke, »Wohnungsauflösungen sind unser Beruf«.

So sehr die beiden Trödelhändler auch drängelten, er konnte ihnen nicht sagen, wohin er gehen wollte. »Vielleicht ans Meer«, sagte er leichthin.

Ralle gab ihm zum Abschied einen aufmunternden Schlag auf den rechten Oberarm: »Wenigstens weißte jetzt, wohin du gehörst!«

_77_

Odefeys letzter Tag in Neukölln begann sonnig. Er stand frühmorgens auf, öffnete die Fenster, hörte Radiostimmen und Tellerklappern. Die ersten Mieter gingen zur Arbeit. Er stand am Fenster, trank seinen Tee und sah ihnen nach. Seine Sachen waren in Kartons verstaut. Er fegte das Zimmer aus, das jetzt groß und fremd wirkte.

Um neun klopfte es, Ralle stand vor der Tür mit zwei verschlafenen Studenten. »Ick steh zweite Reihe«, sagte Ralle, »macht hin, Leute, der ganze Krempel muß raus.«

Odefey nahm nur einen Rucksack und seine Kameras mit. Frau Celebi kniete auf den Stufen im zweiten Stock und wischte wie gewohnt mit bloßen Händen die Treppe. »Machen Sie es gut, Frau Celebi«, sagte Odefey, »ich ziehe heute aus.«

Sie schaute ihn an, und er war sich nicht sicher, ob sie ihn verstanden hatte. Dann nickte sie und wandte sich wieder den Stufen zu. »Muß, muß«, sagte sie.

Unten im Hof warteten Frau Gerlach und Herr Lindner, sie überreichten ihm ein Stullenpaket und schüttelten ihm lange die Hand.

»Laß dich mal wieder blicken«, sagte der Ranger. Auch Herr Löhmer und Herr Sembritzki kamen runter, um ihn zu verabschieden. Im zweiten Stock des Vorderhauses stand das Küchenfenster offen, doch Herr Pilarski zeigte sich nicht.

Odefey schaute noch einmal in die Zweige des Baumes, an den Fensterreihen entlang, hinauf ins

Quadrat des Himmels. Die Studenten trugen die letzten Kisten durch den Hausflur.

Dort erschien ein junger Mann, der sich mit fragendem Gesicht der Gruppe im Hof näherte.

»Sagen Sie bitte«, fragte er schüchtern, »wird hier vielleicht eine Wohnung frei?«

Herr Lindner wies hinauf zum vierten Stock des Hinterhauses: »Die wird frei, beste Lage, ist nicht dran zu tippen.« Der junge Mann zögerte, da er offenbar nicht ganz verstanden hatte, was Herr Lindner meinte.

Odefey klopfte ihm aufmunternd auf die Schulter. »Ist ne schöne Wohnung, wirklich. Kannst sie dir ruhig ansehen.« Die Mieter in der Runde lachten leise, als der junge Mann ins Treppenhaus lief, und als er sich einige Minuten später oben aus dem Fenster beugte und hinunterwinkte, grüßten sie zurück.

Odefey nickte ihnen zu, nahm seinen Rucksack und ging. In der Sonnenallee stellte der Romanhändler seinen Karton mit den Landser-Heften vor das Schaufenster. Eine Frau schob einen Kinderwagen vorbei. Die Rentnerinnen kamen vom Einkauf zurück. Zwei Kinder liefen mit Schulranzen die Straße entlang. Aus einem Hauseingang wehte der Geruch von Kohlsuppe. Im »Ambrosius« trank Odefey noch einen Kaffee und rauchte seine Morgenzigarette. Am Nebentisch saß die ältere Frau, die nie mit jemandem sprach, vor ihrem ersten Bier und stützte den Kopf auf die Hand.

»Ein Glück sind die Feiertage vorbei«, sagte sie vernehmlich. Die Wirtin trocknete Gläser ab. »Ist gut, Hilde«, sagte sie.

Danach machte Odefey sich auf den Weg. Am Hermannplatz endet Neukölln, dachte er. Doch was dahinter begann, das wußte er noch nicht. Ein frischer Wind fuhr ihm ins Haar.

Lust auf mehr?

»Johannes Groschupf hat einen großartigen Roman über soziale und körperliche Entstellungen geschrieben.«
Frankfurter Rundschau

Johannes Groschupf, Zu weit draußen

176 Seiten / gebunden mit Schutzumschlag

ISBN 978-3-8218-5754-1

»Ein Buch, das die Welt und die Sprache meiner ostpreußischen Vorfahren lebendig werden lässt.« Klaus Bednarz

Ein Journalist verunglückt bei einer Reportage in der Wüste mit dem Helikopter – und überlebt mit den schwersten Verbrennungen. Knapp und präzise erzählt Johannes Großkopf in seinem bebüt von der Angst eines Menschen, mit äußeren und inneren Narben ins Leben zurückzukehren – und dem schwierigen Versuch, die Gespenster der Grenzerfahrung für immer zu besiegen.

»Über das Leben erfährt und lernt man viel in Groschupfs wunderbarem Buch Zu weit draußen. Und das kann man ja nicht von so vielen Büchern behaupten.« *aspekte. ZDF*